D1718267

Ursel Langhorst
Kreuzweidenstraße

Kurze Geschichten
Mit Bildern von Isabella Hannig

HORLEMANN

© 1999 Horlemann
Alle Rechte vorbehalten

Umschlagbild:
Isabella Hannig, Bad Honnef

Bitte fordern Sie unser aktuelles Verzeichnis an:
Horlemann Verlag
Postfach 1307
53583 Bad Honnef
Fax. 0 22 24 / 54 29
e-mail: horlemann@aol.com

Gedruckt in Deutschland

1 2 3 / 01 00 99

Kreuzweidenstraße

Der Apfel

Nein, Obst esse er nicht.
So blieb der Apfel in der Diele liegen.
Auf dem grauen Spannteppich.
Neben dem Thonetstuhl.
Nicht weit vom Klavier.
So lag der Apfel, als die Kinder aus der Schule kamen.
So lag der Apfel, als die Freundin der Hausfrau einen Rat einholen wollte.
So lag der Apfel, als die Nachbarin in der Tür stand.
– Sie wollte ihn liegen lassen.
Weil er sie an ihren Geliebten erinnerte,
der sie nicht liebte und keine Äpfel mochte.

Gestern

Frau Kleben schaute durch die schräge Sonne über die kleine, jetzt verkehrsberuhigte Straße. Der Blick fing sich am viel zu nahen gegenüberliegenden Haus. Sie hörte die jungen Mütter träge nach den aus dem Kindergarten vorauslaufenden Kindern rufen, glitt aus den breiten Haussandalen in die geformten ovalen Stadtschuhe, faßte zögernd in das Haar hinter dem rechten Ohr, gab einer Strähne die vorherbestimmte Ordnung, lächelte noch in das Glas über der neuen Graphik, das ihre Haut milde zurückwarf, so konnte das Leben verweilen.

Gleich würde Herr Kleben seinen Wagen in die Einfahrt fahren, prüfen, ob Fenster und Türen geschlossen waren, die Augen bis zum ersten Stock hochwandern lassen, sicherheitshalber in den Briefkasten schauen, oben geschickt den Wohnungsschlüssel aus dem schweren Schlüsselbund greifen, aufschließen und vielleicht »Ich bin´s« oder »Hier riecht es aber schon gut« rufen.

Aber das Leben verweilte nicht.

Der Biedermeierstuhl

Es gibt einen Stuhl in der Wohnung, den nennen sie den Biedermeierstuhl. Er ist das Glanzstück.

Ein Obstholz, so der Fachmann.

Sie stellte sich sogleich einen Birnbaum vor. Einen Birnbaum, wie er vor dem schmalen Schieferhaus ihres Urgroßvaters gestanden hatte. Drei-, viermal war sie dort gewesen, hatte aus dem Flurfenster im ersten Stock auf die tiefschattigen Blätter und ihren Wind geschaut, auf die altersschrundigen Äste.

Ihre Kinderaugen hatten sehnsüchtig die länglichen grauen Früchte gesucht. Nicht reif. Zu holzig. Zu hoch. Sie weiß es nicht mehr. Es gab Gründe, daß sie die Birnen nie kosten durfte.

Der Baum muß weg, hatte sie später sagen hören, beiläufig, und der Schreiner habe ein gutes Geld dafür angeboten.

Heute besitzt sie nun einen Birnbaumstuhl, und wenn er nicht aus dem Biedermeier wäre, so könnte er aus dem Birnbaum vor Urgroßvaters Haus gefertigt sein. Er verleiht ihrer Wohnung Glanz und Geschichte.

Seine schöne Gestalt, seine Biedermeierstuhlgestalt, seine Biedermeierstuhlgeschichte: Handweich das Holz, birnig. Die Polsterung erneuert vom Händler. Mit Wachs wurden die regelmäßigen Vertiefungen, die sich die hohen Lehnen hinaufziehen, zu dunklen Flecken ausgegossen.

Der Stuhl hatte mal eine Bespannung, erklärt die Freundin, die jährlich zum Besuch der Möbelmesse im Haus Station macht.

Der halbwüchsige Sohn schmeißt sich mit steifen Jeans in den

Stuhl, um den Schulfrust vor dem Fernseher zu vergessen – die seitlichen Beinstreben knacken und treten abermals einen Millimeter weiter aus ihrer Verzapfung.

Der langjährige spanische Freund freut sich über die Höhe des Stuhls und läßt die Füße schweben – ein patriarchalischer Stuhl.

Die Freundin benutzt ihn, zusammen mit der auf dem Trödelmarkt gekauften Fußbank: Das Richtige für meine Arthrose, sagt sie.

Der WG-Besuch klopft anerkennend auf die Sitzfläche: vom Sperrmüll?

Frau Müller, die sich etwas wert ist, bewundert artig: ein Familienerbstück? Wie gerne hätte sie genickt. Ein bißchen wenigstens.

Im Laufe der Jahre hatte sie ein Gefühl der Zugehörigkeit und Anhänglichkeit zu dem Biedermeierstuhl entwickelt.

Wenn nicht das andere wäre!

Wenn sie nur das Bild ihres Mannes loswürde!

Wie er da heimgekehrt von einer Dienstreise sich ohne jede Wiedersehensfreude im Mantel hinsetzte, an ihr vorbei stumpf durch das Zimmer blickte, wenn sie nicht von da an alles gewußt hätte: Es hat sich etwas geändert.

Der Biedermeierstuhl wurde ihr Schicksalsstuhl.

Milchhaut

Nichtsahnend hatte er die erkaltete Milch in den Kaffee gegossen, gedankenlos die übergroße Tasse (ein Geschenk) an die Lippen gesetzt, da wußte er plötzlich: Die Milchhaut war es. Dieses Eklige, Kalte, halb zerfasert, halb fett, was einem schon in der Vorstellung Übelkeit bereitete.

Diese Milchhaut zu lieben, ja zu begehren, ihr täglich aufs Neue entgegenzuharren, die Stunde des abendlichen Milchtrinkens nicht mehr erwarten zu können, um immer vollkommener zu werden im Genuß.

Die Milchhaut war gut für ihn gewesen, sie wurde ihm fröhlich und überzeugend – als Belohnung gleichsam für Wohlverhalten – geboten. Natürlich nicht aufgezwungen. Nein, er wurde gefragt. Das liebe Kind bekam die Milchhaut. Er war das liebe Kind.

Die Schwester hatte die Milchhaut nicht begehrt. Er hatte sie sich zu eigen gemacht. Er hatte an sie geglaubt.

Und er konnte lächeln.

Später war die Milchhaut dann aus der Mode gekommen.

Aber die Sehnsucht blieb. Eine Zeitlang hatte er versucht, die Milchhaut zu ersetzen. Durch Wissenschaft. Die eine oder andere Freundin. Aber es war immer nur ein unvollkommener Ersatz gewesen. Sie verlangten ihm nicht die richtige Überwindung ab, hatten liebenswerte Seiten, erweckten in ihm nicht das Begehren nach Aufgabe.

Kleinsein. Vergessen.

– Demnächst wurde er fünfzig. Er wollte seine Mutter nach der Milchhaut fragen.

11

Konrad erinnert sich

I – Die Birnengeschichte

Das fiel ihm jetzt wieder ein.

Das breite Einmachglas mit der gläsernen, knubbeligen Erdbeere, der dunkelrote körnige Gummiring, unelastisch vom Gebrauch, das Schaben des Messers am Glasrand – denn man hatte es zwischen Ring und Glas schieben müssen, damit sich der Deckel hob – das Entweichen der Luft.

Das fiel ihm jetzt wieder ein. Auch die bräunliche Verfärbung der oberen Früchte. Ihm gegenüber der Vater. Er selbst auf der Stuhlkante, die Arme auf dem Küchentisch.

Er hatte gewartet.

Eingemachte Birnen! Wahrscheinlich hatte es nur ein paar Gläser davon gegeben. Wahrscheinlich war es sogar das letzte gewesen. Er hatte gesehen, wie der Vater die weichen Früchte in die Schale füllte und dann unzerteilt zwischen die bläulichen Lippen schob. Das Schlucken.

Der Vater würde ihnen schon etwas übrig lassen, hatte er gehofft, eine Frucht bestimmt – für die Schwestern und ihn. Dann waren nur noch drei Birnen im Glas gewesen.

Er hatte gewartet.

Ob er etwas gesagt hatte? Das fiel ihm jetzt nicht mehr ein. Er hatte sich geschämt. Das wußte er noch, als er so da saß und zusah. Der Vater hatte immer weiter gegessen. Und er selbst hatte ein langweiliges Gesicht machen wollen, – dann vorsichtig die

12

Arme vom Küchentisch geschoben. Die Augen hatten gejuckt, da hatte er mit den Daumen gegen die Lider gedrückt. Sein Schnürsenkel hatte an einer Seite zu lang heruntergehangen, das hatte er richten müssen, bevor er hinausgegangen war, um sich auf die Treppe hinter dem Haus zu setzen.

II – Leseerfahrung

Was liest der Konrad denn da? fragte die Schwester.
– »Der gute Tom.«
Er hatte das Buch aus der Stadtbücherei geholt. Der Titel hatte ihn sofort angesprochen. Der gute Tom, das klang warm und sicher. Auch er wollte ein guter Junge sein.
– Zeig mal her!
– Der gute Tom, der gute Tom! Was ist denn das für ein guter Tom?
Die Große riß ihm das Buch weg und Gelächter, Gelächter. Sie rannte zur Mutter: Hier, das liest der Konrad! Vermutlich hatte die Mutter dann ihre Arbeit kaum unterbrochen und anerkennend genickt:
»Der gute Ton«, das sollte er ruhig mal lesen!
War immer richtig, wenn man sich zu benehmen wußte. Dann kam man auch durchs Leben, wenn man ordentliche Umgangsformen hatte.
– Er erschrak. Hatte er das falsche Buch ausgeliehen?
Die Große ließ nicht locker mit ihrer Geringschätzung, ihrem Hohngelächter, ihrem Spott!
– Kann nicht mal ein n von einem m unterscheiden!
– Was hat denn der gute Tom alles erlebt in deinem Buch? Erzähl doch mal!
Er schämte sich noch heute.

III – Ein Weihnachtsabend

Einmal werden wir noch wach, heißa, heißa, heißa –
Die Kinder sollten helfen, es sei so viel Arbeit. Wenn nichts mehr
zu helfen war, sollten sie oben bleiben und warten, bis es so weit
sei. Die Oma bringe den Kartoffelsalat herunter.
Die Würstchen würde er nicht mögen, aber den Kartoffelsalat!
Und dann die Weihnachtsplätzchen! Jedes Kind bekam die gleiche Anzahl an Plätzchen. Auch das Süße war genau abgezählt.
Und keiner sollte dem andern an den Teller gehen! Aber Rut
mochte kein Marzipan. Wenn Marzipan dabei war, dann würde
sie ihm vielleicht ihr Marzipan schenken. Und er würde sie dann
mit der elektrischen Eisenbahn fahren lassen.
Eine Modelleisenbahn hatte er sich gewünscht und nicht gewußt,
daß im Jahre 1951 Kinder in Verhältnissen wie er keine Eisenbahn bekommen, sondern daß sie Strümpfe bekommen und
Schuhe, wenn's nötig war, eine lange Hose.
Vielleicht könnte Rut auch schon beim Aufbauen helfen. Es würde leicht hinzukriegen sein, schließlich hatte er bei Klaus aus seiner Schulklasse schon häufig zugeschaut. Er prägte sich noch einmal ein, was er alles der Reihe nach zu tun hatte. Schienen
zusammenstecken – mit dem Drehknopf war die Geschwindigkeit zu regeln, wollte er die Fahrtrichtung ändern, mußte er nur
kurz draufdrücken – ob er auch Weichen bekommen würde?
Fast hätte er vergessen, daß er auch Geschenke für die Eltern
hatte. Den Spruch für den Vater. In Druckschrift, mit Rot und
Blau übermalt. Gold und Silber hätten ihm besser gefallen, denn
der Spruch hatte mit Gold und Silber zu tun. Aber er besaß nur
rote, blaue und braune Farben. Den Spruch hatte er ausgesucht,
weil er von Reden und Schweigen handelte und nicht so lang
war wie die anderen Sprüche. Gerade richtig auf die Pappe in
den Bilderrahmen paßte.
Die Mutter bekam das Schlüsselholz für den Kellerschlüssel. An
dem Loch für die Kordel hatte er heimlich auf dem Klo gebohrt.

Eine Eisenbahn wünscht der Konrad sich? – hatten die Großen gelacht. Wünsch dir lieber eine warme Jacke und neue Handschuhe!

Er wünschte sich trotzdem eine elektrische Eisenbahn. Ihm war nicht kalt. Er brauchte keine Jacke. Wenn's kalt würde, könnte er rennen, rennen...

Die Eisenbahn. Die Eisenbahn! *Ein* Kreis wäre schon gut. Weichen später. So war das auch bei Klaus gewesen. Zu jedem Geburtstag was dazu.

Dein Vater ist nicht Krösus, hatte die Mutter gesagt. Schlag dir die Bahn aus dem Kopf! Aber er hatte sich die elektrische Eisenbahn weitergewünscht, heimlich.

Und nun war es soweit. Stritten sich die beiden im Weihnachtszimmer? Irgendetwas machte ihm Angst. Die paar Monate geh'n noch rum, hörte er ihn sagen. Macht, was ihr wollt.

Was hatte das zu bedeuten? – Aber seine Bahn, seine Bahn!

Die Oma kam die Treppe runter. Die Kinder gingen rein. Sie sangen »O du fröhliche«. Sein Gedicht aus der Schule gab er nicht preis. Es war so ein schönes Gedicht, nur für ihn allein. (Ob er es heute noch konnte?... in den Fenstern haben Frauen buntes Spielzeug fromm geschmückt...)

Es gab keine Bahn.

Vielleicht gab es Handschuhe oder eine Jacke. Der Vater schenkte ihm einen Katalog mit elektrischen Eisenbahnen. »Da, du hast dir doch 'ne Bahn gewünscht!«

Den Kartoffelsalat hatte er nicht vertragen und die Marzipankugeln auch nicht. Er mußte sich übergeben. Im kalten Bett, im kalten Schlafzimmer sagte er sich sein Weihnachtsgedicht ... Kindlein steh'n und schauen, sind so wundersam beglückt – und so weit und still die Welt.

Bergwanderung

Er hatte es bei sich durchgesetzt. Noch einmal wollte er jung sein. Wandern auf dem Dach der Welt. Etwas tun, was er früher nie getan hatte. Ballast hatte er angesammelt in all den Jahren, nicht nach seiner Bestimmung gelebt. Immer nur getan und gedacht, was die andern von ihm wollten, von ihm erwarteten.

Jetzt wollte er es ausprobieren. Das Unerträgliche für diese kurze Reise zurücklassen. Ohne Gepäck gehen.

Der Rücken schmerzte zwar von Zeit zu Zeit, aber es würden sich Träger finden für das Nötigste. Die taten es gegen Geld. Ihre schmerzenden Rücken zählten nicht. Auch das Barfußlaufen waren sie gewohnt. Schließlich mußten sie leben, ihre Familien ernähren, die im Süden des Subkontinents lebten.

Er war zufrieden mit sich.

Die Bergschuhe waren im heimischen Stadtwald eingelaufen. Das Wasser in der Plastikflasche mit Mikropur versetzt gegen Verunreinigungen, Pflaster, ein Stock – mit den Wandergefährten am Ausgangspunkt Nanga-Parbat-Blick geschnitten.

Gut gestimmt schritt die kleine Gruppe aus, mit dem Führer aus Oberbayern, gefolgt von den gelbäugigen Trägern für Zelte und Proviant.

Die Sonne stieg über den Berg. Die Temperatur war angenehm. Die Luft trocken. Zu sagen hatte man sich nicht viel. Die nötigen Informationen waren am Vorabend gegeben. Der Höhenunterschied würde erheblich sein. Jeder sollte sein individuelles Tempo herausfinden und einhalten. Menschen würde man kaum treffen. Selten mal Hirten mit den berühmten Kaschmirziegen. Am Sammelpunkt wollte man abends Feuer machen, die Zelte aufschlagen lassen, eine einfache Mahlzeit zubereiten. Man wollte untereinander in Sichtweite bleiben, nicht schwer in diesem offenen Gelände. Es lohne sich auch zu fotografieren, Adonisröschen, später die rostblättrige Alpenrose, ja allen aus den europäischen Alpen bekannt, endlich der Moschus-Steinbrech (Saxifraga Moschata).

Glücklich wanderte er über die blaßgrünen Bergwiesen. Das Auge des Fotografen konnte sich nicht sattsehen. Diese Farben! In der Kargheit. Er nahm sich Zeit für eine Makroaufnahme. Den günstigen Standpunkt hatte er leicht gewählt. Er ging in die Beuge. Diese vielblütige blaue Blume! Hell! Blende zu, Belichtungszeit? Ergab sich sogar eine Kontrastierung gegen den Hintergrund.

Warum wurde er gerade jetzt an die Zuhausegebliebenen erinnert?

Der Mittag folgte dem Morgen. Die fernen Berge blieben fern. Aber es war ein großes Gefühl.

Der harte blaue Himmel. Weite trocknete die Kehle. Er trank.

Nach einigen Stunden ließ man das Grün immer weiter zurück. Die Hirtenpfade wurden steiler. Beschwerlicher. Er mußte hin und wieder stehen bleiben, legte die Handrücken an die Nierengegend, klemmte den Stock zwischen Gesäß und den krümeligen Bergboden. Blieb. Er wollte sein Leben ändern. Öfter alleine verreisen. Etwas Ungewöhnliches machen.

Das Wanderpärchen aus Bad Tölz stand umschlungen gegen den Himmel. Die schweren Kniestrümpfe des Mädchens waren nach unten an die Stiefel geschoben. Sonne. Er würde noch einen Schluck trinken.

Zufrieden atmete er die saubere Luft. Sein Blick umspannte den gezackten Horizont, verliebt, weitete sich in die verschwimmende Ebene.

Wie zufällig sah er die Tiere vor sich.

Der Schrecken stockte seine Gedanken, verhielt die Bewegung.
Zwei dunkle Hunde. Groß. Gelbe, entblößte Zähne. Drohende
breite Körper. Augen. Sie würden ihn zerreißen.
Todesangst machte sein Leben schmal.
Vorsichtig suchten seine Augen das Gelände ab. Wem gehörten
die Hunde? Wo waren die Hirten und die Ziegen?
Um Hilfe rufen! Welche Sprache verstand man in dieser Gegend?
Sie würden ihn zerreißen!
Eben stand da doch das Paar noch! Wann würde ihn die Gruppe
vermissen?
Streichhölzer, Feuer brauchte man, das hatte er als Junge in einer
Geschichte gelesen. Die Angst zwängte alles zusammen. Frau
und Kinder, Berge und Himmel, Sehnsucht und Tod. So sollte
sein Sterben sein?
Die Tiere wichen nicht. Knurren. Zähne fletschen. Augen.
Sein Gehirn wurde klein, er spürte noch Atem in sich. Todes-
angst. Er gab auf.
Da wandte die stärkere der Bestien den schweren Kopf, mit lok-
keren Körpern liefen die Tiere schräg über den Hang.
Er ging weiter.

Unantastbar

Bei Kenntnis des Sachverhalts und Ansicht der Beschuldigten sei ihm die ganze Angelegenheit noch durchaus unverständlich, deshalb bitte er nun zunächst den Verteidiger zu Wort.

Dieser erhob sich langsamer, als man es von ihm gewohnt war, ließ dann seine Augen auf der Angeklagten ruhen, ebenfalls – so schien es den Anwesenden – gegen seine Gewohnheit. Er sah sich an den silbrigen Knöpfen der Bluse fest. Gleichsam sei auch ihm so eine Merkwürdigkeit noch nicht begegnet, erklärbar schwerlich, aber er wolle versuchen, Licht in das Dunkel der Zusammenhänge zu bringen.

Ihre Tierliebe spiele eine nicht unerhebliche Rolle bei der Ausführung der Tat, die er schon jetzt einmal nur als Vergehen kennzeichnen wolle.

Eigentlich habe ja die zwölfjährige Wasserschildkröte Lieschen die volle Fürsorge der Angeklagten genossen, wie sie sie morgens vor dem Dienst und des Nachmittags ebenso heimgekehrt keineswegs den Händen der alten Mutter überlassen, mit der die Beschuldigte in schwesterlicher Eintracht zusammenlebe, das müsse dringend hinzugefügt werden, und er weise das Gericht ausdrücklich auf diesen Umstand hin, wie er also sagte, in schwesterlicher Eintracht, was von mütterlicher Seite in jedem Fall als Wiedergutmachung der Mißstände der Kindheit der Angeklagten aufgefaßt werde. Auf die Kindheit, die wichtige Aufschlüsse bei der Deutung der Tat geben werde, komme er später zurück. Also, Lieschen sei aufs liebevollste versorgt, die große Badewanne ihr mit häufig gewechseltem Wasser ganz zur Verfügung gestellt, sie sei in weich gewaschene und verblichene Frottiertücher gewickelt, wenn sie kurz an die frische Luft getragen auf dem Balkon nach Westen.

Natürlich, und hier setze er mit einer vorsichtigen Deutung an, ohne den möglicherweise noch hinzuzuziehenden psychologischen Gutachtern vorgreifen zu wollen, habe der herbe Panzer der Schildkröte nie einen Ersatz bieten können für das weiche staubige Federkleid. So sei die Sehnsucht nach der traurigen Wärme dieser Kindheit nie gewichen. Im übrigen sei die Angeklagte im siebenundvierzigsten Jahr durchaus wie ihre Geschlechtsgenossinnen in einer Krise auch hormonellen Umbruchs, das zu bedenken er das Gericht ebenfalls ausdrücklich bitte.

Was den Ausschlag gab, daß Frau W. nun gerade an diesem Freitag, als ihre Dienststelle, dem Gericht bekannt, früher als an den übrigen Tagen schloß (sie galt als zuverlässige, geschätzte und mit gewisser Intelligenz ausgestattete Mitarbeiterin), ungeachtet ihrer alten, mit dem warmen Abendessen wartenden Mutter und der unversorgten Wasserschildkröte Lieschen, daß sie also am »Auswärtigen Amt« die U-Bahn genommen hatte, Linie 16 in Richtung Godesberg nach seinen persönlichen Recherchen die 16.50-Uhr-Bahn!, an der Haltestelle Max-Löbner-Straße ausgestiegen sei, wie gewöhnlich die Annaberger Straße entlang, dann entgegen der Notwendigkeit nicht links in die Straße »Grüner Weg« eingebogen zur Wohnung hin, sondern immer weiter durch Friesdorf geradeaus, vorbei an der Post, das (alte) Turmhaus und die Einmündung »Im Bachele« zur Rechten lassend der Straße gefolgt, auch nicht umgekehrt, als die Straße steiler, die Bebauung in der Annaberger Straße spärlicher wurde, schließlich ganz aufhörte, der dann dichte Wald es auch vorzeitig gedunkelt erscheinen ließ, sie den relativ steilen Aufstieg und die Einsamkeit offenbar nicht gescheut habe, auch an »Haus Annaberg« vorbeigekommen sein müsse, dessen Lichter vermutlich schon durch

Bäume und Gebüsch geleuchtet hatten, was sie endlich bestimmte, in korrekter und unauffälliger Dienstkleidung – bequeme Schuhe pflegte die Angeklagte seit ihrer Fußoperation zu tragen – ausgerechnet an dem kleinen Gehöft der Familie B., die Umfriedung des Hühnerhofs, des Hohnisch, wie man hier sage, mit bloßen Händen zu unterhöhlen, indem sie eine Kuhle gegraben habe, groß genug, ihre schmale Person bei hochgebogenem Maschendraht hindurchzuzwängen, um dann den Hühnerstall mittels eines von außen zu betätigenden Mechanismus (ihr aus der Hühnerhaltung ihrer traurigen Kindheit bekannt in diesem Flecken DDR nahe der so viele Jahre geteilten Stadt) zu öffnen, gerade an diesem Freitag, sei unklar.

Vermutlich leicht getrübten Bewußtseins habe sie eines der vom frühen Schlafe warmen Tiere in ihrem Arm geborgen, eine Rodeländer im zweiten Jahr, wie sich bei Helligkeit am nächsten Tag herausstellte, auch nach ihrer Gewohnheit aus den Jahren des Hungers in Berlin ein paar Körner und Mais aus dem Napf gegriffen und in den Mund geschoben. Warum sie es anschließend an der nötigen Sorgfalt fehlen ließ, das Türchen des Holzstalls also nicht zuschob und auch die Kuhle unter dem Zaun nicht wieder mit der herausgewühlten Erde anfüllte, so daß alle übrigen Tiere in dieser einen Nacht vom Fuchs oder Marder gerissen werden konnten, bleibe im Dunkeln.

Er, als der Verteidiger der Angeklagten, erkläre sich ihr Versagen durch die starke Gefühlsaufwallung, das Wiederfinden der Liebe. Zugegeben merkwürdig, in Gestalt dieses orangefarbenen Huhns, aber, nun komme er endlich auf die Kindheit, man solle bedenken, das Kind allein während vieler Jahre des Heranwachsens über die Woche in dieser Laubenkolonie und mit den Hühnern, die besorgte Mutter von Kreuzberg her nur zum Wochenende anwesend, den Zeitschriftenladen konnte man nicht allein lassen, er ernährte die Familie seit dem Jahr der Luftbrücke. Warum man das Kind nicht von Eichwalde weggeholt habe zu den Eltern? Das frage man sich heute bei allen Beteiligten. Jemand habe schließlich als Platzhalter Häuschen und Garten besetzen müssen in der Hoffnung, diesen bescheidenen Streifen Land als rechtmäßigen Besitz zu retten, was sich später – er erinnere an den Mauerbau – bis in unsere Tage, da sich nun alles so unerwartet gestaltete, zunächst als Vergeblichkeit erweisen sollte. Die dreißig Jahre unbescholtenen und pflichtbewußten Lebenswandels – die Angeklagte sei bekanntermaßen unverheiratet geblieben – in Eintracht und Wiedergutmachung durch die Mutter, in Sorge um die Schildkröte Lieschen, nun in der neuen Heimat, nämlich in unserer Bundeshauptstadt Bonn, möge das Gericht in Rechnung stellen.

Er plädiere auf Freispruch nach Artikel 1 (1) Grundgesetz, wollte er sagen, so schien es den Anwesenden, gegen seine Gewohnheit.

Die Wäschestange

Was denn eigentlich eine Wäschestange sei?

Fragte das Kind.

Die gebe es heute nur noch sehr selten. In ländlichen Gegenden möglicherweise. Obwohl man vielfach auch da sogenannte Wäschespinnen benutze oder Wäscheständer oder eben Wäschetrockner wie üblich. Die Entwicklung habe Wäschestangen überflüssig gemacht.

Die Wäschestange, gelegentlich an einem Ende mit einem großen herausragenden Nagel versehen, habe die Aufgabe gehabt, der Wäscheleine, wenn diese, zwischen zwei Pfähle gespannt, unter dem Gewicht der feuchten und großen Wäscheteile durchhänge, Unterstützung, Höhe also und Halt zu geben, und da sie leicht in Schrägstellung zu bringen oder auch ohne Anstrengung wegzunehmen sei, vereinfache sie die Hausfrauenarbeit dergestalt, daß die (endlich) getrocknete Wäsche nun bequem zu erreichen und abzunehmen sei.

Antwortete er.

Warum er so traurig aussehe, wenn er von einer Wäschestange rede?

Fragte das Kind.

Jene Frau in den schottischen Highlands, an deren Gartenpforte B&B in Schwarz auf Weiß gestanden habe, und die kein Doppelbett – wie gewünscht –, sondern lediglich »twins« mit Perlonbettwäsche, doch echtes Schaffell als Bettvorleger, Toilette und

»shower« eine Treppe tiefer, vom haarigen Bastardhündchen vorauseilend bekläfft, angeboten habe – jene Frau nun wäre wie beiläufig zur Wäscheleine auf dem Rasenfleck hinübergegangen, nachdem die Fremden »sorry, we prefere a double« bedauert hätten und Arm in Arm zum Gartentörchen hochgeschlendert wären.

Er selbst habe aus Gewohnheit noch einmal zurückgeschaut, gerade in dem Augenblick, als die Frau die Wäschestange betätigte und damit ihr Gesicht über dem Laken freigab, ein unvergessenes Gesicht.

Daran, an dieses enttäuschte Gesicht habe er denken müssen. Antwortete er.

Pats Brief an ihre zur Adoption gegebene Tochter in den USA

Mein liebes Kind!

Ich solle nur alles gut aufschreiben, antwortete mir der Frauenverlag, Fachleute würden den Text dann auf sprachliche und grammatikalische Richtigkeit hin beurteilen und bearbeiten. Durch diese Korrekturen würde sich der Druckkostenzuschuß von DM 5.000 auf DM 7.000 erhöhen, mein Einverständnis vorausgesetzt, falls sie keinen gegenteiligen Bescheid erhielten innerhalb der nächsten drei Wochen. Die Aspekte meiner geplanten Darstellung versprächen hinreichend Interesse zu wecken bei der Zielgruppe – eben Leser*innen* (*innen* war gesperrt gedruckt, mein Kind!) in einer Phase der Selbstfindung. Übersetzungen auch ins Amerikanische seien in jedem Fall bei Erfolg, das heißt bei gutem Absatz, dann – meinem Wunsch entsprechend – kein Problem mehr, zumal ich ja angedeutet hätte, daß ich gebürtige Amerikanerin und die ersten zwanzig Jahre naturgemäß in den Staaten verbracht, was eine gute Voraussetzung für eine gewisse Vertrautheit mit dem »American way of life« sei und Authentizität wahrscheinlich mache, gewissermaßen garantiere – so etwa das Antwortschreiben des Frauenverlags, mein Kind, und so wirst

Du von mir hören, so Deiner »old mother in Germany« antworten, vielleicht.

Wir lebten damals in Midwest im Staate Indiana, Mum, Dad, die Geschwister und ich. Unsere Farm war drei Stunden entfernt von Vincennes (denk Dir, ein Vorort von Paris [Frankreich] trägt denselben oder heißt es den gleichen? Namen), Vincennes wiederum liegt 500 miles südlich von Chicago. Du lebst in Chicago? Nein? Sei´s drum. Es gibt viele schöne Plätze auf dieser Welt.

Auch hier ist es angenehm.

Der Park ist nah – für das Alter. Vielleicht werde ich eine Arbeit aufnehmen, children watching, wie früher. Hans wird vor mir sterben, denk ich. Aber darüber läßt sich nicht vermuten. Denn alles kann ganz anders kommen, mein Kind.

Das vor allem wollte ich Dir schreiben. Glück kann zu Trauer werden, Trauer zu Glück.

Steht der Mais gut in Indiana? Ich möchte ihn noch einmal sehen.

Als wir Kinder waren, holte der Schulbus uns ab nach Vincennes. Manchmal schlief ich im Bus noch einmal ein. Später starrte ich über die morgendämmrigen Felder, kaute Fingernägel. Noch später kaute ich bubble gum, blätterte in comics, kaufte beim driver Coke.

In der Schule liebte ich history und Mister Weißborn.

Wir aßen hamburgers und Mexican tacos, und ich wurde dick.

Ich ging zum hairdresser und ließ mir eine Dauerwelle machen.

Ich wusch mein Haar täglich.

Ich drehte es in Strähnen auf und trocknete es, bis der Bus kam um sechs.

Ich lackierte meine Fingernägel.

Ich aß chips mit sourcream und hamburgers und Mexican food.

Ich aß strawberryicecream.

Ich trank Coke.

Ich liebte Mister Weißborn.

Ich lachte mit meiner Freundin Lil.

Ich lachte mit meiner Freundin Beth.

Ich war dick.

Ich rasierte meine Beine.

Und ich hatte kein date.

Du weißt, mein Kind, was es bedeutet, kein date zu haben? Nein, Du weißt es nicht, denn Du hattest immer dates. Du warst beliebt. Du wurdest eingeladen. Mit Dir wurde getanzt. Du hast geheiratet? Und Du hast Kinder? Einen Jungen und ein Mädchen? Ihr lebt in einem Holzhaus?

Dein Mann versorgt die farm?

Nein? Er ist ein businessman? Auch gut.

Kein date.

Das war das Schlimmste, das kannst Du mir glauben.

Ich watchte TV.

Ich aß chips mit sourcream.

Ich aß chocolatechipcookies.

Ich trank Coke.

Gerade sehe ich Hans, wie er auf dem Balkon hantiert. Hans putzt seine Schuhe. Er putzt sie gründlich, mit Hingabe, leidenschaftlich! Er putzt sie, als gelte es, allen Schmutz dieser Welt herauszubürsten, das Leder bis in die feinsten Poren auszukratzen vom Unreinen und Gemeinen. Und er reibt sie blank. Er reibt sie blank wie Silber und Gold, blank wie Seide und Regenglanz. Er macht es sich zur Lebensaufgabe. Er putzt seine Schuhe.

Wie ich ihn lieben könne? fragst Du, meine schöne Tochter. Wie eine Grandma in Deutschland den gründlichen Hans lieben könne? Ich wills Dir sagen, mein Kind: Er hat mich so genommen, wie ich bin, ohne Tochter (von der Abtreibung habe ich nicht erzählt) und mit meiner Trauer um diese Tochter. Im Mai hatte unser Vater den schrecklichen Unfall mit der Erntemaschine. Sie verkauften die Farm. Mum zog zu Bobby nach Denver. (Ich habe sie nie mehr gesehen.)

Ich lebte bei Tante Doody. Denn daß ich Kindergärtnerin werden wollte, war damals schon klar. Ich aß hamburgers und icecream. Uncle Ted grillte Maiskolben am swimmingpool und Tante Doody backte Xmas cookies zu Weihnachten und brownies zur Geburtstagsparty. Ich war dick. Ich kaufte bei BBW, Big Beautiful Woman, meine Hängekleidchen. Ich trug Germany-Birkenstocksandals. Denn das Schuhebinden war ein Problem.

Lil und Beth liebten mich. – Pat, Pat! riefen sie. Ich war fünfzehn. Ich hoffte von Freitag zu Freitag. Aber kein date. »Ein spätes Mädchen«, sagte man früher in Deutschland (so Hans).

Dann kam der Abend, nun lies genau, mein Kind, denn es wird wichtig werden für dich!

Im Kino nebenan spielten sie »Gone with the Wind«. Ein alter Film, wirst Du jetzt denken. Stimmt. Du kennst den Film? Du liebst ihn auch?

Ich rief der Tante ein »movies – to night« zu, »see you« und ließ die Haustür zufallen.

Etwas Regen. Am Eingang kaufte ich sweets, cocos, chocolatechipcookies. Der Saal war fast leer – as usual. Der Sitz zu eng.

Die Reihen fielen leicht nach vorne ab.

Die Musik spielte.

Ich begann zu essen.

Du kannst mir glauben, ich sah den Film zum siebten oder achtenmal, und ich war fasziniert. Daß sich jemand neben mich gesetzt hatte, merkte ich erst später. Er reichte mir ein Kleenex. Ich wischte mir die Tränen und sagte nicht »hi!« oder »thank you«.

Nach der Vorstellung regnete es richtig. Wo haben Sie geparkt? »No car« – muß ich gestammelt haben. Er öffnete mir die rechte« Seite. Die Polster waren breit. Der Regen überschwemmte die Scheiben. Wir fuhren.

Warum verschwieg ich, daß ich gleich nebenan wohnte? Warum hakte der Scheibenwischer, so daß wir halten mußten, um den Regen abzuwarten?

Warum regnete es überhaupt wie zur Sintflut?

Warum war ich ins Kino gegangen, obwohl ich doch den Film schon so häufig gesehen hatte?

Warum hatte ich wieder die Tränen nicht zurückhalten können?

Warum hatte ich mit seinem Kleenex meine Tränen getrocknet?
Sollte es so sein, mein Kind? Sollte dies nun die Nacht Deiner
Zeugung sein? Ich schwöre es, meine Tochter. Dies war die Nacht
Deiner Zeugung. Du willst wissen, was für ein Auto es war? In
welcher Straße wir standen? Nein, hineinsehen konnte niemand.
Es regnete aus allen Himmeln. Ich roch sein Deo. Ich fühlte seine
Ohrmuschel. Betrachte Deine Ohren. Es sind seine Ohren, mein
Kind. Die Ohren hast Du von Deinem Vater geerbt!
Später hörte der Regen auf.
Take me back to the cinema, sagte ich, und er fuhr zurück in
unsere Straße.
Als ich durch die Halle kam, sah ich, daß die Tante vor dem TV
eingeschlafen war. Ich ging die Treppe hoch und stellte mich mit
Kleidern und Sandalen unter die Dusche. Wasser, shampoo und
tears klebten mein Kleid über meinen dicken teenybody.
Ein date gehabt. Endlich erwachsen.
In den nächsten Tagen hatte ich so ein Gefühl als ob mein Erleb-
nis nichts anderes als eine Fortsetzung des Films gewesen sei.
War der Junge nicht ganz ähnlich wie Clark Gable?
Kannst Du Dir vorstellen, daß C. G. dein Vater wäre? Du kannst
es?
Du bist schön wie er? Vergleiche Deine Ohren! Sieh Dir doch
einmal »Gone with the Wind« an, mein Kind! Deine Stunde –
unsere Stunde. In meinem fünfzehnjährigen dicken Körper.
Lil und Beth lachten wie immer. Wir ließen unsere dunkelblauen
Schuluniformröcke wippen über den dicken Beinen.
Ich liebte Mister Weißborn, lernte American history, ließ ab von
chips und sourcream, von strawberryicecream und hamburgers.
Aunt Doody lobte meine Entschlossenheit. »She is on diet!«
Fruits am Morgen, eine Pampelmuse, hard boiled eggs und das
schwedische Knäckebrot.
Brauchst Du Hilfe, fragte im Herbst Mister Weißborn. Besuch uns
zum Tee! Meine Frau würde sich freuen!
Nach Thanksgiving ging ich zum Arzt.

Im Februar sei es so weit.

How did you manage to hide it? fragte er.

Father? Unknown?

Und ob meine Mutter bereit sei, das Baby zu betreuen?

Er schickte mich zum social welfare office.

Sie rieten mir, in die Adoption einzuwilligen. Mit einem Baby zur Schule?

Ich willigte ein.

Santa Claus brachte mir Babyschühchen, und ich weinte.

Im Dezember wurde ich sechzehn. Keine Birthdayparty, please.

Zur Schule ging ich nicht mehr.

Mister Weißborn rief bei meiner Tante an, ob es mir gut gehe.

Sie ist okay, sagte Tante Doody.

Im Februar wird sie wieder in der Schule sein.

Ich dachte an Dich, mein Kind, wie Du in meinem Bauch wuchsest.

Du wirst das Kind nicht sehen, wenn Du es geboren hast, sagte mir die Frau, the social welfare worker. Und ihre dicke Brille verkleinerte ihre blauen Augen zu trüben Wassertröpfchen.

Sei zufrieden, daß Du in die Adoption eingewilligt hast. Ein nettes Ehepaar aus einer anderen Stadt wird für dein Kind Vater und Mutter sein. Dein Leben geht weiter. Geh zur Schule! Hast Du Freundinnen? Ich nickte unter Tränen und dachte an Mister Weißborn.

Und schreib auch, daß die Enkelkinder hier einen deutschen Opa hätten, der mit ihnen zur Marksburg am Rhein fahren wird, sagt Hans und macht sich daran, die Kartoffeln zu schälen, weil er heute früher aus der Behörde gekommen ist, weil Freitag ist und weil er sieht, daß ich gar nicht aufhören kann zu schreiben vor Sehnsucht nach Dir, mein Kind.

Die Wochen bis zu Deiner Geburt verbrachte ich vor dem TV. Ich kaute wieder Fingernägel ab und aß chips mit sourcream. Die Kälte draußen war so groß, daß schulfrei gegeben wurde. In der kältesten Nacht des Jahres setzten die Wehen ein.

Es war der 11. Februar.

Du hast ein gesundes Mädchen geboren. Es wird ihm gut gehen, sagte die Schwester.

Sie gaben mir eine Spritze. Und ich schlief.

Und nun, meine Tochter, begannen die vielen Jahre ohne Dich. Und je größer der Abstand zu Deiner Geburt wurde, umso stärker wurde das Verlangen, Dich zu sehen. Allen Babys, allen Kindern in Deinem Alter schaute ich zu. Ich wurde eine richtige Glotzerin, süchtig nach Deinem Gesicht, das ich nicht kannte.

In Chicago arbeitete ich in einem Kindergarten. Ich forschte in den Augen der Mädchen, ich prüfte die Geburtstage, ich deutete bei den Müttern an: adoptiert?

Ich fand Dich nicht.

Schließlich gab ich in der Chicago Post eine Anzeige auf (doch, man hatte mich aufgeklärt, daß ich alle Rechte an Dir verloren hätte).

Du hast sie nicht gelesen, die Anzeige? »Mum looks for her baby! Born February 11th, '63, daughter. Please ring me up!«

Deine Eltern hatten die Zeitung sofort in den Müllcontainer geworfen, bevor Du aus dem College kamst? Oder Du warst in jenem Sommer im Feriencamp, um Dir für das teure College etwas Geld zu verdienen? Oder Du hattest an jenem Tag der Anzeige ein date mit Marc und deshalb keinen Blick in die Chicago Post geworfen? Dein Haar gefönt, Deine Schienbeine rasiert? Oder Du wußtest gar nicht, daß Du adoptiert worden warst? Wundertest Dich, denn Du lasest meine Suchanzeige zwischen sourcream und potatochips vor dem TV.

Funny, sagtest Du leichthin: Someone is looking for a daughter like me! Funny!

Und ich weinte, meine Tochter, ich weinte um Dich, als der bebrillte Mann (wo hatte ich diese dicke Brille schon einmal gesehen?) am Anzeigenoffice der Chicago Post den Kopf schüttelte.

Sorry, no answers! Please, schauen Sie noch einmal rein in den nächsten Tagen!

32

Dann lernte ich Bill kennen. Wir mieteten uns ein Auto und fuhren an die Küste. Kein Baby, Pat, sagte Bill, kein Baby! Laß es wegmachen!

Sie schoben mir die Stäbe in den Körper, und ich dachte an Dich. Als ich die Klinik verließ, wollte Bill mit mir das Baseballspiel anschauen. Ich sagte: Bill, mein Baby ist tot. Ich schau kein Baseballspiel an.

Danach sah ich ihn nicht mehr.

Und nun, mein Kind, kommt der bessere Teil meines Lebens. Ich lernte Hans auf einer Army-Party kennen. Er war für sechs Wochen in den USA stationiert. Er war zweiundvierzig Jahre alt und hatte eine Ehescheidung hinter sich.

Wir verliebten uns.

Ich ging also mit ihm nach Deutschland. Kein häßliches Land, meine Tochter, es läßt sich leben hier. An manche Dinge mußte ich mich gewöhnen. Man beobachtet die Nachbarn! Man spricht auch darüber, ob sie ihre Fenster putzen, wo sie arbeiten, in welchem Auto sie fahren. Man geht spazieren. Nein, keine Wanderungen mit Rucksack und Zelt durch die parks ! Man geht am Sonntagnachmittag eine Stunde durch den Wald oder am Fluß entlang. Danach trinkt man in einem Café eine Tasse Kaffee (eine Tasse! Jede Tasse wird extra bezahlt, stell Dir das vor) und ißt dazu ein Stück Torte. Das Mittagessen kochen die meisten Leute selbst. Die Hausfrauen kaufen täglich ein. Täglich! Möchtest Du hier leben?

Im TV gibt es zahlreiche Diskussionen über Politik und Soziales. Für die Kirche werden vom Staat (ja vom Staat!) Steuern eingezogen.

Wenn man einen Beruf hat, behält man ihn sein Leben lang! Für jeden Job gibt es eine Ausbildung. Jeder junge Mensch muß Prüfungen machen, und wenn er die nicht besteht, bekommt er keine Arbeit. Aber ohne Arbeit braucht er nicht zu hungern. Das Sozialamt bezahlt ihm jeden Monat etwas Geld, auch für die Wohnung. Die Leute hier wohnen in festen, meist eigenen Häusern.

Sie ziehen selten um.

Würde es Dir in Deutschland gefallen? Ich könnte Dich einladen, wenn ich wüßte, wo Du lebst und wie Du heißt. Deine Kinder könnten ihre Grandma besuchen.

Einen Swimmingpool haben wir nicht, aber im Ort ist ein Schwimmbad. Dorthin gehen die Familien im Sommer. Zweimal im Jahr macht man Urlaub. Man fährt nach Italien oder nach Frankreich oder nach Holland.

Übrigens gehen die Kinder hier nur bis zum Mittag in die Schule. Als Xmastree nimmt man echte Bäume, die man schon im November aus dem Wald holt.

Du merkst, ich schweife vom Thema ab. Der Verlag wird meine Geschichte nicht drucken wollen, weil ich jetzt zu viel von Deutschland schreibe und auch insgesamt den Anschein erwekke, als ob ich mich mit meinem Schicksal abgefunden hätte, die Trennung von Dir, mein Kind, auf irgendeine Weise überwunden hätte, Du gleichsam nur noch ein Gedanke wärest, ein Gefühl, ein dreißig Jahre altes Gefühl, das zwar auf einem Verlust beruht, aber als solches zu einem gehört, also zu mir gehört, daß ich also zusammen mit dem Mangel, mit meinem fehlenden Kind, zu dieser sechsundvierzigjährigen Pat geworden bin (selbstverständlich nennt mich Hans Patricia!).

Könnte ich noch ich sein, wenn Du eines Tages vor mir stündest? Deine beiden Kinder an der Hand (Du hast doch zwei Kinder und bist glücklich verheiratet?) und sagtest: Here we are, mum!? Ich liebe Dich, meine Tochter.

Begleichung

Im Jahre 1922 verbrachte sie achtjährig den Sommer in dem kleinen hessischen Ort auf dem Lande. Das Städtchen, fast ein Dorf
noch, trug den Namen eines bekannten Adelsgeschlechts. Es gab
eine evangelische Kirche, eine Schule, einen Kindergarten sogar,
sieben Wirtshäuser (eins davon mit Kegelbahn), einen Männerge-
sangverein, ein jährliches Schützenfest, einen Metzger, einen
Doktor, der arbeitslos war und einen Gemischtwarenladen führte, eine Apotheke, ein Amtsgericht mit den Herren vom Gericht,
die Post mit den Postherren und einen Juden mit seinem Stoff-,
Bänder- und Knöpfeladen.
Diesen Laden liebte das Kind. Und es suchte immer allerhand
Vorwände, dort eine Besorgung zu machen, sich mit Nachbarin
oder Cousine hineinzuschleichen, die schweren Stoffballen, die
glitzernden Bänder, die Auslagen von Broschen, Spangen, Zier
und Kragen in den niedrigen Glasvitrinen – ein Paradies ihrer
kindlichen Seele.
– Was mußt du immer bei dem Juden herumstreichen? mahnte
die Tante.
– Leih´n wirs Geld für das Saatgut beim Juden? fragte der Onkel
abends am Küchentisch.
– Der mit seinem Wucherzins! antwortete die Großmutter.
– Sei auf der Hut!
Hüte verkaufte er auch? überlegte das Kind.
Am nächsten Tag schon fand sich Gelegenheit, ein Nachbarmäd-
chen ins Judenlädchen zu begleiten. Sie hüpfte die wenigen Stu-

fen am glattgegriffenen Eisenstänglein hoch, prüfte ihre Zöpfe in der mit weißen Blüten und Ranken verzierten Glasscheibe, die den Blick durchließ in die Verheißung von Leinen und Samt, von blanken Schnallen, gedrechselten Knöpfen, Besticktem und Gewickeltem, in das Gemisch von Staub, stumpfem Zeuggeruch, Knoblauch und Muße.

Das Mädchen kaufte einen kostbaren Reißverschluß, wählte lange, das Maß mußte stimmen.

Sie konnte verweilen. Hüte? Nein, Hüte sah sie nicht. Handschuhe ja, Gürtel, Nähgarn. Verweilen.

Sie setzte sich auf eine der Glasvitrinen.

Der Sprung ereignete sich ohne Vorhersehbarkeit.

Sie weinte. Der Mann war entsetzt.

– Morgen kommst du wieder und bringst dein Portemonnaiele mit. Denn was man kaputt macht, muß man auch wieder gut machen. So eine Glasscheibe auf dem Kasten kostet viel Geld!

Sie schlich hinaus. Über die Straße zur Großmutter.

– So, dein Portemonnaiele sollst mitbringen? Das wird teuer. Da spaßt der Judd net!

Und heimlich steckte sie der Enkelin noch einen Fünfziger zwischen die Groschen und Pfennige.

– Wenn er nur mein schönes Markstück vom Schützenfest nicht will, dachte das Kind.

Und als es am nächsten Tag die Ladentür aufschob, da hatte es zum erstenmal in seinem Leben ein Gefühl zwischen Angst und Hoffnung.

– Da bist du ja. Der Glaser hats schon gerichtet.

– Zeig deine Geldbörs mal her.

Das Kind streckte die Hand vor. Es wagte kaum, die Vitrine anzuschaun. Keine Spur mehr im Glas. Blankere Schnallen, weißere Spitzen. Den feuchten braunen Kitt kurz antippen, das war erlaubt; derweil verging die Zeit.

Der Ladenbeistzer machte eine nachdenkliche Miene. Er suchte zwischen dem Markstück, den Groschen und Pfennigen.

– Hier, den Fünfziger bezahlst für das, was du angerichtet hast!
Und damit hielt er das Geld hoch.
– Und komm mal wieder rein, wenn deine Leut´ was brauchen.
Und setz dich nicht mehr auf den Glaskasten!

In der Kreuzweidenstraße

In der Kreuzweidenstraße steht ein gelbes Haus.
Die Heizung im gelben Haus ist kaputt.
Wenn die Sonne scheint, wird es warm im gelben Haus.
Eine Katze kommt vorbei, wenn es warm ist.
Der Weidenbaum reibt seine Zweige am Fenster.
Im Flur sind die Türen geschlossen.
Wenn der Wind die Zweige an das Flurfenster drückt,
hofft die Frau auf Besuch.
Heute ist es windstill.

Glockenblume

Wenn ich nur wüßte, wie die Glockenblume heißt, die er alljähr-
lich um die Osterzeit in einem kleinen tönernen Topf vom Markt
nach Hause bringt.
Rundherum grüne Herzblättchen zum dichten Kranz gewachsen,
lila Glocken als vielfache Gesichtchen,
weißstemplig und narbig,
zum Rand hin sich leicht dunkelnd und zart wie aus Japanpapier
geschnitten,
auf kurzen dünnstieligen Hälsen,
– so wartet sie ein, zwei Wochen bis sie zu welken beginnt,
die Glocken sich hintenüberneigen, wie umgekrempelt,
schlapp werden, faltig, klein,
namenlos.

Warten

Hastig war sie den kleinen Hügel bis zum Haus emporgestiegen, hatte die letzte Steile mit den wenigen Stufen schneller genommen, die Post aus dem Kasten gefingert, war mit der Rechten in Tasche und Mantel gefahren, zwischen Bücher und die eilig gekaufte Tüte Trauben, hatte geschellt – diese Sinnlosigkeit begriff sie sofort.
Der Schlüssel klebte neben dem roten Wachsdeckel des Kalenders. Hoffend stand sie im Haus. Der Flur erschien ihr größer. Leer. Mantel und Schuhe abstreifen. Eine Traube essen? Vorsichtig ließ sie das Wasser an den Händen hinunterlaufen ins Becken. Nein, das Telefon hatte nicht geklingelt.
Duschen wäre gut. Vielleicht könnte sie den Apparat vor die Badezimmertür stellen. Nein. Sie würde später duschen. Sie sollte sich eine Weile hinlegen. Wenn sie einschliefe? Zu fest? Sie könnte sich in der Küche zu schaffen machen. Das Besteck entglitt ihren Händen. Sie hob es auf. Lauschend.

Hatte es geklingelt? Den Mülleimer könnte sie später wegbringen. Wenn nur niemand vorbeikäme!
Es tut mir leid heute – rasende Kopfschmerzen – eben im Begriff zur Konferenz. Wenn sich jemand verwählte? Genau in dem Augenblick. Jedenfalls blieb sie in der Nähe. Die Einladung zu Wegeners? War vielleicht nicht so ernst gemeint.
Sie könnte bis zum Abend das Laub zusammenfegen. Die brau-

nen Astern abschneiden. Vielleicht die Fenster öffnen, das Telefon auf die Fensterbank stellen. Oder überhaupt Fenster putzen. Lag der Hörer richtig auf der Gabel? Sie ging zurück in die Küche. Die Trauben.

Die Zeit stand.

Da. Das Telefon!

Die wenigen Schritte zum Schreibtisch. Klingeln lassen – zweimal. Und nicht so atemlos erscheinen.

Ach, Tante Gerda, du. – Ja, es geht mir gut.

Muß denn Strafe sein?
oder: Ein Beitrag zum Kindergeschrei

Es war durchaus schade.

Doch ließ er vorsätzlich den Hausschlüssel innen stecken.

Die Praxisräume und die wenigen Patientenzimmer im unteren Stockwerk lagen feucht um diese Zeit. Putzfrauensauber. Er streifte leichthin an den geöffneten Glastüren entlang. Es war schade. Durchaus.

Die warmen Mülleimer waren jetzt ausgekühlt und in frische Folie gehüllt.

Gewohnheitsmäßig prüfte er das Schloß zur Patientinnenkartei.

Als er sich dem Stuhl näherte, verstummte das Wimmern.

Er blieb.

In der kostbaren Stille ordnete er sein Gefühl, konnte sich auch die nächsten notwendigen Handlungen einprägen, hatte die Zahlenfolge parat, drehte, entnahm die kleine Schachtel.

Noch beruhigt holte er aus der Schublade links eine Manschette, die Infusion aus dem Regal.

Da wurde es wieder laut.

Stoßendes Schluchzen, Weinen aus winzigen Kehlen.

Er versuchte, sich zu konzentrieren.

So schwer hatte er den Ständer nicht vermutet, als er ihn dicht am Fuß hochhob, um ihn in das obere Stockwerk zu tragen.

Natürlich war das Bett zu niedrig.

43

Anklage – tausendfache Anklage.
Ihr Weinen wurde Million. Konnten es so viele gewesen sein?
Er setzte die Nadel nicht sehr geschickt,
aber es würde still sein,
wußte er,
mit aufbäumender Anstrengung.
Es war schade. Durchaus.

Sohn und Vater

Er hatte sich an seinen Sohn nicht gewöhnen können.
Der Neugeborene war ihm naturgemäß der Fremdeste.
So berührte er ihn nie.
Schrie das Kind, ging er hinaus.
Lachte es, wußte er ihm nicht zu antworten.
Griff es nach seiner Hand,
so griff es ins Leere.
Als der Sohn zur Schule kam,
kaufte er ihm das Buch der 1000 Antworten.
Jener aber wußte die Fragen nicht zu stellen.
Wie er sich als Vater diese Entwicklung seines Sohnes
erklären könne, wurde er von der Dame aus der Sozialbehörde
gefragt.
Die könne er sich nicht erklären, antwortete er.

Erinnerung
(Endstation)

Alle paar Jahre fährt die Frau mit dem Zug auf der nur noch einmal am Tag befahrenen Schienenstrecke in die Gegend ihrer Kindheit.

Zwei oder drei Fahrgäste sitzen im Abteil auf dem rötlichen, vielfach ausgebesserten Kunstleder. Sein Geruch von Kohle und Eisen, mit Schmutz und Urin verbunden, verdichtet sich im Winter zu stinkender Wärme, im Sommer dünstet er die feuchte Regenluft aus.

Stoßendes, ruckelndes Vorwärtskommen. Die Frau steht zwischen leeren Sitzreihen. Eine Schranke. Vorbei. Damals sperrte sie den morgendlichen Schulweg. Durch den schiefergrauen Ort vermindert das Züglein seine Geschwindigkeit. Eins der gleisnahen Häuschen läßt den Kundigen im Vorbeifahren seine verblichene Aufschrift lesen: HAUSTAL SCHUHMACHEREI.

Die Frau erkennt die nackte seitliche Treppe mit der schmalen Eisenstange als Geländer. Unten, ebenerdig, zur Schulstraße hin, lagen der kleine Verkaufsraum und die Reparaturannahmestelle.

Die Werkstatt hinten an den Bahngleisen hatte sie nie gesehen.

Neben dem Schusterhaus die neue Fabrik – Leuchtschrift: MEYER PAPIER.

Langgestreckt, vorbei.

Gegenüber hatte die mit Flüchtlingskindern überfüllte Volksschule gelegen, wie alles hier: mit Schieferdach und Schieferwänden gegen den Regen, kalt, verdreckt, Schulspeisengeruch – die

46

Toiletten weit über den Hof, aber eine zusätzliche Pause während der Schulstunden wert.

Und eines Tages hatte die Frau da nun ihren ersten Aufsatz geschrieben. Auch ein Bild dazu gemalt in Rot und Gelb. Und beides aufbewahrt in der flachen Schublade im Schlafzimmer, es auch immer wieder hervorgeholt, wenn sie die Frau mit dem breitweißen Gesicht sah, die im Lädchen die zerrissenen Schuhe annahm, die nun der Geselle flickte, und die beiden Kinder, stiller, so in der Tür, wenig jünger als sie selbst damals.

Anklage ihr Gucken.

Und sie hatte auch die Zeichnungen betrachtet, wenn sie die Leute von der abgebrannten Fabrik mal im Städtchen sah – eilig und wohlgelaunt –, deren Blondhaar im einfachen Großbürgerschnitt, die Söckchen der Kinder rutschten nicht, und die Lodenmäntel glänzten über weißer Bluse.

Die Schulkinder hatten am Tag des Brandes von den hohen Schulfenstern aus das Feuer der Papierfabrik beobachten dürfen. Hitze, Krachen und Schreien. Und die Feuerwehr mit den Schläuchen und Leitern.

Ihr Bild, auf grauem, grobem Nachkriegspapier gemalt, rote und gelbe Flammen zwischen Bleistiftsteinen und Bleistiftbalken. Die Feuernwehrmänner auf Leitern. Die zuschauenden Leute hatte sie von hinten gezeichnet und zum Schluß den toten Mann auf der Bahre.

Der Lehrer hatte die Kinder über den Aufsatz schreiben lassen: Wie die Papierfabrik brannte.

An den Schluß ihres Aufsatzes erinnert sich die Frau. Er war kurz: Ein Feuerwehrmann starb beim Löschen. Es war der Schuster Haustal.

Das bekannte Rucken. Der Zug hielt.

Die Frau stieg die hohen Waggonstufen zum Bahnsteig hinunter. Es war der Schuster Haustal. Er starb eben.

– Endstation, rief der Zugbegleiter. Alles Aussteigen!

Die Premiere

Um fünf Uhr müssen wir losfahren, hatte der Vetter gesagt. Also wollte die Schwägerin heute das Vieh versorgen.

Die Mutter ging ins Bad. Sie ließ Wasser in die Wanne laufen. Sie schrubbte und wusch, bis sie sauber und ermattet war. Sie zog frische Wäsche und gutes Zeug an.

Der Vater saß schon im Sessel. Er war fertig wie zur Messe. Über der Zeitung hatte er die Augen geschlossen, und niemand hätte ihn gestört, bis es jetzt viertel vor fünf war und der Vetter in der Tür stand.

– Hammas?

In Rosenheim nahmen sie die Autobahn. Stadteinwärts war der Verkehr dicht. Der Vetter sagte: Alle wollen zur Premiere.

– An Parkplatz besorg i euch, wann's um sieben da seid! - hatte der Hansi gesagt.

Und so war es dann auch. Die Mutter sah ihn sofort. Am Bordstein stand er im Anzug. Er winkte. Sie fuhren um die Residenz herum. Da war der Hintereingang.

– Bis nachher dann! rief er und rannte das Treppchen hoch.

Später zogen sie ihre Mäntel aus, dort wo Garderobe stand. Sie gaben sie ab. Es war Vorschrift, aber es machte sie unsicher.

Mit schwarzgekleideten Besuchern gingen sie zum Herkulessaal hinauf. Die Treppe war breit. Sie sahen Perlen und Goldgehänge. Sie folgten glänzenden Langbeinen.

Der Vater fühlte an der engen Krawatte. Die Mutter hielt die Handtasche und das Taschentuch.

Der Einführungsvortrag fand in einem anderen Raum statt.
– Ich weiß nicht, ob's euch was bringt, hatte der Hansi am Telefon gesagt.
Sie saßen hinten. Vier Stuhlreihen waren ganz leer.
– Meisterschüler von Professor Müller, seine erste Symphonie, Anklänge an das rumänische Volkslied, Motiv, Durchführung, - so klug hat er schon immer gered', dachte der Vater. Und: s'wird jetzt Zeit, daß er mal an Geld verdient. Quint, polyphon, Reprise, besonders für Schlagzeug, Bordun.
Und die Mutter dachte: Wie er die Patschhändchen runter aufs Knie fallen läßt, der Bua. Aber der Anzug ist fesch.
Dann zog das Orchester in den großen Saal ein. Sie klatschten, als Hansi zum Podest hochlief.
Er stand mit dem Rücken zu ihnen und dirigierte. Aber die Leut´ hatten noch die Noten vor sich und schauten auch da nicht hinein.
Es dauerte lange.
Dann war die Symphonie zu Ende.
Der Hansi drehte sich um und verbeugte sich. Sie klatschten. Er ging raus und kam wieder, ging raus und kam wieder. Sie klatschten immer noch.
An der Garderobe mußten sie warten. Fremde stellten sich neben sie:
– Grüß Gott! Die stolzen Eltern des Komponisten! Wir gratulieren!
Einen schönen Abend noch!
Der Hansi kam:
– Hat's euch gefallen? Ich ruf euch morgen an! -
Draußen wartete der Vetter am Hintereingang.

Arbeit haben – Arbeit verlieren

Als junger Anwalt wurde er, in Vertretung einer der Sozii seiner Kanzlei, zu einem Ortstermin in das weitverzweigte Industriegelände einer norddeutschen Hafenstadt geschickt. Es ginge um die Abweisung einer Schmerzensgeldforderung, sagte man ihm. Die verklagte Firma, ein finanzstarker Klient seiner Sozietät, sei zu vertreten.

So übergab man ihm in Eile die Akte, welche ihm bis zur Stunde unbekannt war. Er durchblätterte die Seiten – Werksgelände, Waggon, Reinigungskraft, folgenschwerer Unfall –, bevor er sich auf die wegen des Freitagsverkehrs stark befahrene Autobahn begab.

Sein alter Wagen, frisch gewaschen und mit dem handgeschriebenen Zettel ZU VERKAUFEN versehen, sollte heute zum letzten Mal benutzt werden.

Es dämmerte, als er in das Industriegelände einbog. Er brauchte einige Zeit, um sich zurechtzufinden, obwohl ihm eine halbwegs brauchbare Karte mitgegeben worden war. Endlich: Nettelbeckstraße, Ladestraße.

Hier mußte es sein.

Selbstbewußt parkte er auf einem der gekennzeichneten Chefparkplätze.

Die Akte?

Er suchte nach dem Schalter für die Innenbeleuchtung. Gewohnt, in kürzester Zeit aus Schriftstücken das Wesentliche zu entnehmen, genoß er das in sich wachsende Gefühl von Berufssicherheit. Er lehnte die Akte gegen das Lenkrad, biß in einen der Äpfel, die ihm seine junge Frau auf den Beifahrersitz zu legen pflegte, und las.

Nach allgemeinem Betriebsschluß – Putzkolonne – späte Verladung von Kleineisenteilen – die mit der Überführung beauftragte studentische Hilfskraft – Beinamputation der Reinigungskraft. Die Absicherung durch die Zahlung der Berufsgenossenschaft sei gegeben.

Unterhalb des Knies? Testend bewegte er den linken Fuß.

Er fühlte Übelkeit hochsteigen. Mechanisch schloß er die Akte – Licht? – öffnete die leichte Wagentür, stieg aus, schloß ab und ließ den Schlüssel in die Tasche gleiten. Der so früh hereinbrechende Februarabend verwischte die Konturen.

Wenige steife Schritte zum Pförtnerhaus. Zur niedrigen Sprechanlage mußte er sich weit herunterbeugen. Er meldete sich mit dem Namen seiner Kanzlei. Das Tor öffnete sich.

Der Werkhof war aufgeräumt und schon beleuchtet.

Die kleine Gruppe stand nicht weit. Man hatte auf ihn gewartet.

Die Klägerin klemmte die rechte Krücke fester zwischen Arm und Oberkörper.

Man gab sich die Hand.

In solchen Situationen hatte er gelernt zu schweigen, sich bedeckt zu halten.

Er entglitt sich.

Später beobachtete er die jetzt schwer in die Krücken gestützen unberingten Hände, den faltenlosen Schuh, das steife Fußgelenksteil unterhalb der Jerseyhose, auch eine frische Dauerwelle.

– Mitverschulden sei nicht auszuschließen.

Speichel sammelte sich in seiner Mundhöhle.

– Wo genau habe sie geputzt?

Mühsam gelangte die Geschädigte an die fragliche Stelle hinter dem Pfeiler. Man folgte gemessen. Ein Vogel flog auf.

Daß es eine Warnung des mit dem Waggon befaßten Arbeiters

(der studentischen Hilfskraft) gegeben habe, bestritt die Partei der Geschädigten.

– Eine linksseitige Schwerhörigkeit sei nachträglich festgestellt – er hörte sich sprechen.

Er memorierte: zur Loyalität verpflichtet.

Oder war es das? Ein Schwein sein können?

Er hörte sich wieder sprechen.

– Eine überzogene Schmerzensgeldforderung.

Seine Stimme kam etwas zu laut.

– Man müsse sie zurückweisen.

Er schaute auf. Die Augen der Amputierten trafen ihn. Verschwammen.

Wie es in ihm zu einem Aufrichten und gestärktem Bewußtsein gekommen war, hatte er sich später noch manchmal gefragt.

– Er fühle sich krank und müsse die weitere Wahrnehmung des Ortstermins leider abbrechen, sagte er.

Er ging durch das Tor zum Wagen und entfernte den Zettel an der Heckscheibe.

Der alte Wagen tat es noch eine Weile für die kleine Familie.

Unterwegs 1980

Noch schweigend drang die Reisegruppe in das einfache polnische Gasthaus ein, verteilte sich nach Zufall und Sympathie um die Tische, schaute sich erleichtert an.
Die Vorsuppe wurde aufgetragen.
Merkwürdig.
Verwundert registrierte man das Hungergefühl.
Ein paar Löffel konnte man ja nehmen. Etwas Warmes.
Kein Würgen? Kein Kloß im Hals?
Allmählich wurde das gedämpfte Reden lauter.
Hier und da sogar Lachen, etwas ungeschickt, etwas zu laut vielleicht, aber Lachen.
Kartoffeln – Fleisch – Kohl.
Man schämte sich nicht zuzulangen, man ließ es sich geradezu schmecken.
Die Unterhaltungen wurden angenehm.
Die ehemalige Ballettänzerin flirtete mit dem ehemaligen Landser, der evangelische Pfarrer erzählte von der Jugendarbeit in seiner Gemeinde in Hannover.
Rote Grütze zum Nachtisch.
Der Reiseleiter erhob sich, verschaffte sich durch Räuspern Gehör, nach dieser Reiseetappe wolle man nun direkt von Auschwitz ins schöne und erfreulichere Hirschberg fahren.

Anschuldigung

Natürlich könnte man sich mit 46 mal nach einer Frau umsehen, aber – es hätte an ihm, dem Onkel, gelegen, daß die Sache mit der Christa nicht weitergegangen wäre, hatte ihn der Horst beschuldigt, seitdem wäre sie ja nie wieder hier oben hin gekommen!
Wäre ein schlechter Scherz gewesen – herrje.
Tat alles für ihn, holte die Post und die Zeitung aus dem Briefkasten, vier Treppen, in seinem Alter, versorgte die Hunde, stellte Bier auf den Tisch, wenn der Horst seine Skatrunde hatte, brachte die Asche in den Mülleimer, zahlte die Frau Schneider, wenn sie zum Putzen kam.
Und nun diese Vorwürfe! Herrje!
Wenn die sich damals so angestellt hätten!
Er hatte ja schließlich die Haare abschneiden und die Köpfe scheren müssen. Und das waren noch Haare gewesen! Volle Haare! Lange Haare!

Natürlich, da gab es auch Heulen, auch mal Schreie, aber damit war er leicht fertig geworden, Hygienemaßnahme und damit basta.
Und würde ja wieder nachwachsen.
Da wurde keine ausgelasssen. Runter mit dem Haar!
Und dann, als er eins höher gerückt war, die Sortierung und Verpackung überwachen.
So eine wie diese Christa hätte er ihm sowieso nicht empfehlen können.
Eine Schnapsidee, sie zum Skat einzuladen.

Wo die eigentlich herkam?
Und das Haar war ihm gleich verdächtig vorgekommen.
Erst war er unsicher gewesen, Perücke oder nicht?
Immer genau beobachtet. Haaransatz und so.
Die Hunde warn ja auch unruhig, spürten das, wenn eine nicht ganz echt war.
Und nun sollte er als Onkel schuld sein, wenn der Horst keine Frau finde?
Und alles, weil er nur mal mit der Schere – herrje.

Entsetzen

Wie der Mann im Kittel
mit seiner fleischigen und beringten Hand
auf der vom Gebrauch schon
getrübten Glasplatte
die Teile befingerte, zurechtschob,
unkeusch drehte,
sie auch gegen das Gesicht hielt,
um feine Risse zu beäugen
oder
das gespaltene Wadenbein – ein linkes –
an seiner Schadstelle entlang
mit der Kuppe des Ringfingers prüfte,
entsetzte er das Kind so tief,
daß es starr wurde beim Anblick
der einäugigen Kopfteile
mit den undurchdringlichen Höhlchen
neben den niedlichen Näschen
und starr beim Anblick der
mit dem großen Hinterkopfloch,
wo hinein das reparierte Haarteil
später geklemmt würde.

Wie sie alle auf dem Regal
so aufgereiht waren,
nach Größe und Art der Beeinträchtigung,

mit einem rosa Zettelchen um den (vom Balg)
abgetrennten Hals,
dieses an der dünnen umwickelten Gummischnur
– das Kind würde es – eingerissen jedoch –
noch lange verwahren –
da schrie sein Herz vor Verwundung auf.
Arme, Beine, Weißliches, Stachelbeerfarbenes!
Gekrümmt die kleinen Zelluloidfingerchen –
wenn nicht abgestoßen – in Freundlichkeitsgeste.
Er erbrach das Mittagessen am Nachmittag.
Er riß kleinen krabbelnden Käfern
im sommerlichen Gärtchen Beine aus.
Er trat gegen den toten Vogel
an den Heckensträuchern.
Man prügelte ihn,
damit er ein ordentlicher Mensch werde.

Feine Osterbräuche
oder: Über den Verfall der Sitten

Um die Osterzeit sammelte die Großmutter Zwiebelschalen. Am Ostersamstag stellte sie daraus im flachen gußeisernen Topf einen wäßrigen Sud her. Geübt ließ sie die Eier eins nach dem anderen von der Breitseite des Blechlöffels ins braunschale Wasser gleiten. Sie mußten noch kochen. Gelegentlich gab sie den Eiern einen leichten Schubs mit dem Löffelstiel. Das hielt sie für notwendig, damit sie eine gleichmäßige Farbe annähmen. Wenn sie die Eier unter dem Wasserhahn abgeschreckt hatte, legte sie sie auf einem alten Geschirrtuch bereit. Sie holte den Steintopf aus der Speisekammer und kramte am Küchentisch die in vergilbtes Butterbrotpapier eingewickelten Speckschwarten hervor, den ranzigen Geruch an den fettigen Händen.
Das Kind durfte die Eier mit den Schwarten blankreiben.
Kein Ei fiel herunter.
Die Mutter kaufte Eierfarben in kleinen bunten Papiertüten, die waren so grell bedruckt mit Blütenzweigen und Buchengrün und den braunen Osterhasen mit Schleifen und Körbchen. Das Kind ekelte sich aber vor den violetten und grünen Farblinien auf dem hartgekochten Eiweiß. Die Ostereier schmeckten nach Kunstfarbe, fand es.
Heimlich warf es große Brocken Ei ins Gartengebüsch.
Für die Vögel, beschwichtigte es sich.

Dann kam die Mode auf, Eier mit glibbrigglasigen Farbstäbchen zu bemalen.

Dazu mußten die gekochten Eier noch warm sein.

Zuerst machte es dem Kind Spaß, die Eier zu betupfen, aber bald verlangte die Mutter neue Muster, das Kind war ratlos. Es stellte sich ungeschickt an, Hände und Pullover waren verschmiert.

Im nächsten Jahr sollten die Eier weiß bleiben, beschloß man. Das Kind sei groß genug für weiße Ostereier, sagten sie.

Blut und Wunden

Man mußte die Treppen hochsteigen, Holztreppen mit tiefen Querrillen, seitlich geführt von grauen Farbresten. Dann durfte man in einen Raum eintreten. Er war höher als die Zimmer zu Hause. Die weißen trüben Kugeln, die in Stangen von der Decke herunterhingen! Und breite Bänke mit ihren Tischen verschraubt. Eine Stufe mußte man erklimmen, bevor man sich setzen konnte.
Meist saß das Kind am Fenster. Weil es früh kam. Die Mutter hatte es so zeitig geschickt. Oder hatte es den Mittwoch nicht erwarten können?
Die fremden Kinder, die sich neben das Kind setzten, bedeuteten ihm nichts. Aber die Frau da vorne! Sie war ihm wichtig. In dem weiten schwarzen Mantel. Einen weißen Hut hatte sie über dem Haar. Unter dem Kinn mit einer zierlichen Schleife gebunden. Der Hut hieß Haube. Das wußte das Kind.
Die Frau erzählte. Das hörte das Kind gern. Aber erst sangen sie, und dann falteten sie die Hände. Dabei mußte man die Augen schließen. Aber das gelang dem Kind nicht recht. Es zuckte. Blinzelte. Guckte so gern. Und war kein bißchen müde.
Die braunen kratzigen Strümpfe über den Knien. Der kalte Streifen Bein unter dem Rock. Aber daran durfte das Kind nicht denken.
– Erlöst. Amen.
Jetzt durfte es wieder gucken. In die blauen Augen der Frau. In den rund geöffneten Mund. Ob sie auch Ohren hatte? So schrecklich war es damals mit unserem Herrn Jesus zugegangen!

Dann wollten sie den Vers lernen. *Voll Blut und Wunden.* Das war leicht zu merken.

Und wie ein Schrei war der Anfang. *O Haupt voll!* Aber dann die Dornen. Und eine Krone. Wie der König sie hatte.

Und schimpfieret. Schimpfe, Schimpfe tut nicht weh, wer mich schimpft, hat Läus und Flöh! Und nun sollten sie alle zusammen den Vers sagen.

Das Kind erschrak von den vielen Stimmen. Wie sie die Wörter fanden? Wer es konnte, durfte aufstehen. Und alleine sprechen. Das Kind mühte sich. Es wollte auch einmal versuchen.

Die Frau lächelte milde.

Dornenkron. Gezieret. Es half nichts. Das Kind mußte sich setzen. Es war verwundert. Es verstand nicht.

Abends im Bett dachte es an die Wörter. Es legte die Hände schön auf die Bettdecke über der Brust. So mußte es sein, wenn man ein braves Kind war. Es flüsterte. Es erinnerte sich. Es versank ganz in diesen fremden und schrecklichen Sätzen. *Schimpfieret. Gezieret.* Es wühlte sich hinein in das Blut und die Dornenkron. In *Ehr und Zier.*

Spät schlief es ein.

Von nun an übte es jeden Abend.

Dann kam das schöne Osterfest. Das Kind lief in den Garten mit den Geschwistern. Und das traurige und blutende Dornengesicht erschien nur noch heimlich. Vor dem Einschlafen.

Und eines Tages sagte die Mutter, jetzt begänne die Gruppenstunde wieder, die Schulferien für die Großen seien auch vorbei.

Da freute sich das Kind.

Es rannte den Weg vom Haus hinab.

Kniestrümpfewetter,

Gruppenstunde!

O Haupt voll Blut und Wunden,
voll Schmerz und voller Hohn.

Heute wollte das Kind den Vers sagen. So gut konnte es ihn! Nun war er richtig.

Die Treppen. Die Kinder. Die Frau.
Sah das Gesicht nicht wie Papier aus?
Spott und Hohn. Ein Lied singen. Die Hände falten.
Die Augen schließen. Es konnte nicht mehr warten.
Blanke Knie. Erlöst. – Amen.
– Ich möchte es aufsagen!
– Na, dann sag mal was auf, – gönnte der runde Mund.
Und aufstehn. Und. *O Haupt voll Blut und Wunden!*
– Aber Kindchen, Ostern ist doch schon vorbei! –
wehrte der runde Mund.

Brotzeit

Als sie in Sankt Michael ins Abteil stieg und mit einem Blick die unwirtliche Leere überhaupt nicht leiden konnte, strebte sie gleich auf den alten Tiroler zu.

– Ob da frei sei?

– Ja, gerne könne sie sich zu ihm setzen, er käme ja gerade von einem Besuch, eigentlich einem Krankenbesuch, er könnte ja gehn, wohin er wollte, wär er hier – wär er da, da fragt keins nach, die Tochter würde den Hof versorgen,

– so,

– morgens ging sie in die Schul, Lehrerin,

– so, auch?

– er könnte ja gehn, wohin er wollte, ja, mit der Frau war es ziemlich schnell gegangen, hätte auch nie geklagt, als sie sie dann aus dem Spital geholt hatten – die paar Schritt, vom Auto zur Tür, da wär sie schon zusammengesunken, da hätte er sie noch festgehalten und sich nichts dabei gedacht, war immer a stille Frau, ob sie auch einen wollt? selbstgemacht, tränke er immer, die Taschen mit der Brotzeit hätte er dabei, immer, auch wenn er wegführe oder einen Besuch machte, das Brot und den Speck, und, schmeckt Eana der Schnaps? setzte er jedes Jahr selbst an, auch aan Speck? alles vom eigenen, das Brot backte die Tochter selbst, nach der Schul, ja, da wär sie einfach so z'sammergesunke, sie hätten noch den Doktor geholt, war a gute Frau, aber da wär sie schon hin gewesen, das Herz, da kann man nichts machen, wenns das Herz ist, ob sie nicht noch einen wollte? im Spital, da

hätten sie auch nichts helfen können, jetzt wäre er schon lange in
Pension, ja, bei der Bahn,
– der Hof allein?
– er hätte allen Kindern a gute Ausbildung, der Hof allein, da
kann kaans von leben, er könnte jetzt gehn, wohin er wollte,
hierhin – dahin – da fragt kaans mehr,
wos denn hinfahre,
Deutschland, da wär er durch zu Fuß, fünfundvierzig,
über die Dörfer,
war a schöner junger Mensch,
wie der so plötzlich vor ihm stand,
aber
er hätte ja schiaßn müssn,
warum erzähl ich Eane das jetzt?
das vergießt ma net wieder,
ja, nun käme er heut von Graz her,
die grüne Steiermark –
kennen Sie Tirol?
einen Krankenbesuch hätt er gemacht
gewissermaßen
einen Krankenbesuch,
er wollte mal so sagen: eine gute Kameradin,
in Kur,
da hatte sie gefragt, ist der Platz noch frei?
freilich, setzens Eane her,
und nun liegt sie auch im Spital,
geweint hätt sie wegen der Brust,
obs aan Krebs ist?
er hätte sich nicht's Fragen getraut,
ob sie sein Speck probieren wollt?
a Brot?
wär besser zum Schnaps,
noch an Schnaps, bitte?
neun Stunden von Tirol nach Graz

und neun Stunden zurück,
na, wär er hier, – wär er da –
da fragt kaans mehr,
eine gute Kameradin,
und nun im Spital,
tut eim ja leid,
wär ja ne Pflicht gewesen, der Krankenbesuch,
nach Italien wärn se zusammen,
zweimal,
sein Freifahrtschein von der Bahn,
es wäre ihre schönste Zeit gewesen,
hatte aan schlechten Mann gehabt,
und nun das,
obs aan Krebs ist?
in Villach müßtens umsteigen,
wos eigentlich herkäm?
so, vom Rhein?
da kennt er sich a bißl aus,
Remagen, behüts Eane Gott,
's war a schöne Fahrt mit Eane,
junge Frau.

Am Morgen

Als das erste Licht das Fenster erkennen ließ mit dem stumpfen Himmel und den Blättern der Pappel vor der fernen Hauswand, wachte sie auf.

Sorgfältig wusch sie den Körper, putzte die Zähne länger, kleidete sich an.

Das Frühstück, wie gewohnt, aß sie ohne Appetit, aber pflichtbewußt.

Aus der gestrigen Zeitung schnitt sie mit langsamen Bewegungen aus:

BALLETTAUFFÜHRUNG DER JÜNGSTEN

SCHULFEST BEI STRAHLENDEM SONNENSCHEIN

SCHWIMMWETTKÄMPFE UM EINE WOCHE VERSCHOBEN

Sie legte die runde Schere in die Schublade, faltete die Zeitungsreste. Später hantierte sie am Regal, rückte die kleinen Sachen vor, stellte die Fotografie wieder an ihren Platz.

Der Himmel wurde heller. Sie wollte warten, bis er ganz blau war.

Da kam man schon den Korridor entlang, schloß auf: Hofgang!

Klassentreffen
Oktober 87, nach einer Zeitungsnotiz

Das war schon was Besonderes. Fünfzig Jahre nach dem Abitur. Lebten ja auch viele nicht mehr. Wilhelm und Bernhard, schon im Krieg. Hatte er die Blutdrucktabletten dabei? Warum hatte Hilde eigentlich nicht mitgewollt? Wurde auch immer dicker. Gut, daß der Wagen neu war. Konnte man sich mit sehen lassen. Als Pensionär. Rudolf, Krebs oder Infarkt. Wer hatte nur die Adressen aufgetrieben? Mußte Karl gewesen sein. Dieser Kleine, Bemühte. Bilder von den Enkelkindern? Brauchte ja keiner zu wissen, daß der Wolfgang beruflich Pech hatte. Jedenfalls die Haare oben rüber gelegt, immer noch besser als kahl. Der Fritz hatte ja vor zwanzig Jahren diese Frau dabeigehabt, jünger. War schon immer ein Angeber. Sonst aber zu nichts gebracht. Ägyptenreise konnte man erwähnen. Schulamtsdirektor, war schon was. Da war noch mancher neidisch auf die Pension. Erst gut essen, dem Bier die Grundlage geben. Bauch? Egal. Vielleicht könnte er nächste Woche ein paar Pfund abnehmen. Wie hieß der noch, der immer die Einsen in Latein hatte? War der nicht Frauenarzt geworden? »Die Krone«! Tanztee. Einbahnstraße? Das war früher nicht.
Einbahnstraße.
»Krone«. Voll, der Parkplatz. Na, aufs Bier konnte man sich freuen. Da standen sie! Irgendwie alt. Da sah er noch gut aus. Das mußte Karl sein. Nie aus seinem Schulhaus rausgekommen. Beförderung? Das hatte er wirklich nicht befürworten können, da-

mals. Typisch bemüht, in die Parklücke wollte er ihn einwinken, als ob – naja, man konnte ja mal großzügig sein – Fenster runter: »Na, alter Kumpel, danke, danke, eng hier!« Wie steif und linkisch, selbst jetzt, den Arm so, Spaßvogel, doch keine echte Pistole, »Karl –

Brief

Liebe Else!

Daß ich Dir heute nun als Großtante von unserem Erich berichten muß, der so jung war und schon ins kühle Grab sollte. Er war ein lieber Junge. Ich hattes ja an den Hüften und war nur die Tante. Aber das Lisbeth und der Schwager waren immer gut zu mir und sind es heute noch. Die obere Stube haben sie mir sogar ausgeräumt, als die Mädchen aus dem Haus waren. Das Marianne hat ja gut geheiratet und die Zwillinge machen sich auch raus. Das Christa arbeitet bei der Post. Die andere Oma paßt auf aufs Kind, wolln sich erst noch was anschaffen, so sind die Jungen heut. Ich kanns verstehen. Wir ham ja nur Arbeit gekannt. Was hat das Lisbeth gearbeitet, sein Leben, früh um fünf schon auf den Acker, den Stall hat ja der Schwager gemacht, das Haus ich, wegen de Bein, und melken, und nun das mit dem Erich, kein Wunder, daß sein Vater immer mehr an Alkohol kommt, liegt ein bißchen in der ihrer Familie. Du weißt, unten am Wassertor, der Robert hat auch immer gern einen gehoben, es war eine schöne Beisetzung, wir haben auch von Euch gesprochen, daß Du nicht kommen konntest, wegen den Anwendungen, der Pfarrer hat gesagt, die Jugend geht einen schlimmen Weg, so gesund und erst zweiundzwanzig und mußte schon ins kühle Grab. Ich seh ihn immer noch auf seinem Dreirädchen sitzen in seinem grünen Jäckchen, da hatten wir noch den Mist vorm Haus. Auf den Platten, hatte der Schwager verlegt, ist er immer mit seinem Dreirädchen gefahrn, ich hattes ihm gekauft, war ja mein Patenkind, der Erich. Und dann in der Schul', die Mutter wollt immer, daß er die Aufgaben vorm Essen macht, aber der Erich hat sich dann immer versteckt, bei de Kätzchen, hinter de Scheun, als dann das Fernsehn kam, war das sein liebster Platz, den ganzen Tag nur fernsehn wollt der Junge, ich kanns ja verstehn, jetzt ham wir ja bunt und Video, dann nach der Schule, die Schulkameraden und sogar der alte Lehrer Schneider warn auch am Grab, einen großen Kranz mit Rosen und Schleife, zur Erinnerung an deine Schulkameraden, war ja schad, daß er die Lehre nicht fertiggemacht hat, hatte nur noch seine Maschine im Kopf, mit dem Moped gings los, das hat er sich gleich vom ersten Geld, die Oma lebte da noch, hatte ihm auch immer was zugesteckt, dann immer größere Maschinen und das Bier, die Rennstrecke hatten sie schon gesperrt, aber die Jungen gaben keine Ruh, immer hinten um Allendorf, na, es hatte noch mal gut gegangen, mit dem Bein lag er lange in Marburg, aber der Führerschein, den haben se ihm abgenommen, such dir doch ein Mädchen hat seine Mutter immer gesagt, du hast doch das Alter, die Gesellschaft taugt doch nichts. So jung und mußte sterben, ach Else, wie sie ihn gefunden haben, er war doch erst eine Woche daheim von Düsseldorf. Das Lisbeth sagte noch, wir wollen ihm ein Schweinebraten machen, mit dem Essen war er ja immer eigen, kein Spinat, kein Käse, kein Sauerkraut, Süßes ja, und nachher, ach, war der Junge dünn, als die Maschine kaputt war, da konnt mer koche, was mer wollte, es war alles nicht recht, ja und wie er von der Entgiftung aus Düsseldorf kam, da hat er gesagt, jetzt will er seine KFZ-Lehre weitermachen. Und Grubens Karl hätt ihn auch wieder eingestellt, ich hatt mich früh gelegt am Freitag, vor dem Zimmermann, die Hüft, da wacht ich auf und hör die Haustür unds Lisbeth steht im Flur und weint, der Erich ist wieder weg, die ham gehupt und er hat die Jacke an und ist raus, der Vater hatte zu viel Bier, der konntes auch nicht verhindern, und das nennen sie den goldenen Schuß, was daran Gold ist, Else, das fragt sich unsereins, weggelaufen sind die anderen, als er nicht mehr zu sich kam, – wenn einer in falsche Gesellschaft gerät, die Polizei hat ihn erst am Sonntag gefunden, wir saßen beim Essen, als es klingelte, die Landwirtschaft will der Schwager verpachten, s wird zu viel für uns drei Alte.

Deine Luise

Vielen Dank für das Bukett. Lisbeth und Schwager lassen grüßen.

Haldensterben

Der Pfeifton machte sie verrückt. Frau Sobottka nahm ihr Hörgerät heraus. Auf allen Programmen waren heute die bekannten Bilder, Zechenbilder: Schlote, Förderturm, das hohe Eisengitter, eine Halde. Die Kumpel und ihre Frauen warteten mit weißen und schwarzen Tüchern vor den Toren.
DIE ZECHE DARF NICHT STERBEN.
KEINE KOHLE AUF HALDE.
BERGMANNSFAMILIEN PROTESTIEREN.
Darüber, auf dem Fernseher, standen die Fotografien ihres Jungen. Als Hitlerjunge. Als Gipfelstürmer. Der Junge als Zweijähriger auf der Ziege. Der Junge unterm Dach bei den Tauben. Der Junge strahlend mit dem ersten selbstgebastelten Segelflugzeug. Der Junge zum Bergmannsfest in Tracht und mit Geleucht.
In jenem März war der Segelflieger lautlos aufgetaucht am schwarzen Himmel. Und die Kinder waren aus den Häuschen gerannt oder hatten Kreisel und Murmeln auf dem Aschenweg liegengelassen oder hatten das Löwenzahnausreißen und die hungrigen Kaninchen vergessen und waren schreiend und winkend durch die Kolonie gelaufen.
Ein Segelflieger.
Der Junge voraus! Begeistert, lebhaft, schneller! (»Begabt« hatte der Schullehrer beim Aufstellen des Kreuzes gesagt.) Irgendwo hinter der Halde mußte der Segelflieger heruntergekommen sein. Der Junge wollte ihn sehen. Seinem Traum nachrennen. Die verrotteten Drahtabsperrungen waren ihm kein Hindernis. Er kann-

73

te die Schlupflöcher. Geschickt wand er sich durch. Hinter sich ließ er die aufgeregten und johlenden Nachbarskinder. Ihr Kreischen: Die Halde! Nicht über die Halde!

Seine Beine flogen leicht ein Stück weit den Abraum hinauf. Da geschah das Ungeheure. Ohne Vorankündigung tat sich der schwere dunkle Hügel auf. Wie der Vorhang des Tempels zerriß er.

Verschluckte und verbrannte den Jungen.

Schotter schloß sich über ihm in Sekunden, und das Leben und die Hoffnung starben mit.

Hilde Sobottka stellte den Fernseher aus.

Das Hörgerät warf sie in der Küche in den Mülleimer. Bevor sie sich zum Schlafen legte, nahm sie die Fotografien des Jungen aus den Rahmen und schob sie unter die Matratze.

Nach dem Willen der Erscheinung

Die Erscheinung an der rückwärtigen Wand des Beginenhofes verschwand. Voll schien die Sonne auf die gebleichten Ziegel. Sie ging zu einem Nickerchen ins Haus. Später würde es drei Uhr schlagen vom heiligen Sankt Martin, und dann würde sie ihre Arbeit wieder aufnehmen.

Sie öffnete die Tür ihrer Stube einen Spalt, um die schmale gelbe Katze hinauszulassen. Diese schmiegte sich wie versehentlich gegen den Türpfosten, tänzelte dann in den hellen Augustnachmittag, um sich alsbald auf dem warmen buckligen Pflaster vor der Kapelle neben den beiden Stockrosen niederzulassen.

Ihre Herrin kleidete sich an.

Die magere, ältliche Gestalt steckte schon seit Jahren in ebendiesem blaßgrünen Sommerkleid mit den großen aber häßlichen Knöpfen durch die Mitte bis zum Gürtel, der aus dem gleichen Stoff gefertigt und auf der rückwärtigen Seite mit vormals weißem Leinen abgefüttert war.

Eine Strickjacke wäre von Nöten – das Fräulein ging in die winzige Schlafkammer, um die Jacke vom Haken an der Tür zu nehmen. Auf das Herrichten der Frisur verwendete sie äußerste Sorgfalt. Blondierte breite Locken, aber stumpf von den Essenzen. Das war das einzige, was sie sich gönnte, dazu zweimal im Jahr einen neuen Lippenstift in diesem hellen unbeschreiblichen Erdbeerrot – wie sie es liebte.

Hatte sie alles bedacht?

Die Geldtasche war geleert. Der besseren Tarnung wegen diesmal in die Suppenterrine unten im Schrank. Sie hatte so ihren Plan. Vormittags die Einnahmen gänzlich leeren. Denn das war der Erscheinung versprochen. In das hölzerne Salzfaß auf dem Regal, in das Kistchen für die Schuhcreme und die Bürste, in die blaue Vase mit dem heiligen Michael, in die Holzpantinen des Fräulein Laura, in das alte mit Papier eigens ausgekleidete Zwiebelkörbchen, hinter Messer und Gabel, zwischen das Leinen. Leeren mußte sie es, wie die Erscheinung es empfahl, und dann die Höllenangst aushalten am Nachmittag, bis sich die Geldtasche, die sie zur Sicherheit noch in eine Handtasche mit Bügel und Tragegriff steckte, bis sich diese Geldtasche am Nachmittag wieder füllte und schwer trug bis zum Abend.

Sie nahm den großen Schlüssel vom Brett, trippelte über das Plätzchen und schloß die Tür auf.

Drei Uhr.

Die Erfahrung sagte ihr, daß gleich die ersten Besucher kämen. Die Touristen würden der Einladung folgen wie jeden Nachmittag. Sie würden eintreten, während sie die kleine Tür zum Museum ebenfalls aufschlösse.

Als erstes würden die Fremden in die Kapelle gehen, ihre Augen zum himmelblauen Gewölbe wandern lassen, sehen, daß Farbe und Putz überall schadhaft waren, die abgetretenen Teppiche im kleinen Chorraum betrachten, die gedunkelten Bilder des heiligen Martin, der heiligen Franziska, des Benedikt. Während die Frauen dann gerührt in die Blechkästchen mit dem Vorhängeschloß opferten für den heiligen Martin und den heiligen Benedikt und das Herz Jesu, würde sie selbst sich neben den Opferstock am Eingang stellen und als Zeichen ihrer Befugnis den rechten Arm halb um das schwere Holz legen, der linke hatte selbstverständlich die Handtasche mit dem inwendigen Geldbeutel zu halten. Jetzt würden die Herren, die Verlobten und Ehegatten in die Brusttasche greifen und großzügiger opfern. Erst dann, wenn es einer vergaß, würde sie ihren erdbeerfarbenen Mund freundlich öffnen: Vielleicht eine kleine Gabe zur Renovierung der Kapelle? –

Am liebsten waren ihr die Ausländer. Die Deutschen und die Amerikaner. Sie waren gerührt. Sie liebten es, großzügig zu sein. Hatten die Besucher gespendet, konnte sie sie beruhigt allein zurücklassen und hinüber ins Museum gehen und dort das Eintrittsgeld abkassieren.

Ihre Anspannung wich. Sie sah das Rot ihrer Lippen in den niedrigen Fensterscheiben. Falls jetzt ganz zufällig jemand vom Vorstand zur Pflege des Andenkens der Beginen vorbeikäme, ihr einen guten Tag zu wünschen, und sich erkundigte, wie es heute mit den Touristen stehe, bald wolle er den Dachdecker vorbeischicken, der die schadhaften Schindeln ausbessere, dann, wenn er jetzt in diesem Augenblick ganz zufällig vorbeikäme, könnte sie ihn frei ansehen und wissen, daß sie schon einiges eingenommen im Museum. Fünf Mark pro Person, wenn keine Einheimischen in Sicht waren.

– Wie hatte sie die Menschen kennengelernt in den vielen Jahren! Sie täuschte sich selten. Zwar war die Kleidung einer gewissen Veränderung unterworfen, aber Italiener blieben Italiener, Amerikaner Amerikaner und Deutsche Deutsche.

Besonders die Deutschen bleiben gern vor den Fotos stehn mit dem geliebten Fräulein Laura:

1942, Fräulein Laura und 37 Kinder der Bewahranstalt, sie selbst die zweite von rechts,

1943, 39 Kinder von der Bewahranstalt, sie selbst unmittelbar vor Fräulein Laura, kniend,

1945, 21 Kinder von der Bewahranstalt, sie selbst an der Hand von Fräulein Laura.

Seitdem schon hatte sie es gelernt – durch Beobachten – mit dem Geld richtig umzugehen.

– Bitte sehr, 90 Franken – danke für die Spende, und sie ließ den 100 Franc-Schein in der Geldtasche verschwinden. Jemand hatte mal auf der Vorstandssitzung vorgeschlagen, Abreißkarten als

Quittung auszugeben. – Ob man ihr mißtraue? – Nein, nein, man wisse ja, daß sie das Geld jeden Abend zur Bank von Roselaere trage, gewissenhaft.

Gottlob gewissenhaft, wo sie doch von unserer letzten Begine, Fräulein Laura, in der Bewahranstalt erzogen worden sei.

Und vor der Jungfrau und dem Herzen Jesu kann sie es wohl verantworten, daß sie das Vormittagsgeld sammelt, einmal im Monat nach Brüssel trägt auf ihr Konto und beim Notar schon verfügt hat, daß im Falle ihres Ablebens ihr Vermögen – Zuwendungen einer fernen Tante, wie sie zu Protokoll gegeben hatte – als Spende eingehen wird für die vollständige Erneuerung der Kapelle und, falls noch etwas überzählig sein sollte, für die Herrichtung des Sterbezimmers der letzten und von ihr so sehr verehrten und bedankten Begine Jonkfrouw Laura, nach dem einzigen Willen der ihr mittäglich wiederkehrenden Erscheinung an der rückwärtigen Wand der Kapelle des Beginenhofs.

Bohdana

Wir dürfen nicht vergessen, daß die Witwe Bohdana ihre säuber-
lich an einer Schnur und nach ihrem Wert aufgereihten sieben-
undzwanzig Münzen Stück für Stück herauslöste
für
Radmila, die Blonde,
Bitka, die Fröhliche,
die Zwillinge Vaclav und Libena,
den rotznasigen Frantisek,
die immer hungrigen Jirina und Lada,
für Milada, die Stubenfegerin,
und – in Tränen – für Jiri, der gesund noch über das holprige
Pflaster hüpfte,
dann, elf Tage später, entknotete sie Münzen
für
Stefan, den Breitköpfigen,
Debromila und Mahulena, die Unzertrennlichen,
sogar für Stanislava, die frühe Kindsmutter,
und für die bescheidene Jaroslava,
für Milan, der das Lesen lernen wollte,
und den Liedersinger Oldrich,

am achtundzwanzigsten und neunundzwanzigsten Tag
gab sie Geld zum Sterbegeläute
für
die stolze Svatava,

und die traurige Kuetoslava,
auch für den Holzspalter Petr
und die Wasserholer Miloslava und Bohumila,
erlöst wurden
der lallende Jan
und der geliebte Karel,
dann karrten die Totenmänner die beuligen Körper der
kleinen Ludmilla
und des starken Niko
und auch die tote Alena
in die Gräber vor die Tore der Stadt.

Als sich die Witwe Bohdana in ihrem leeren Häuschen am Hrad-
schiner Platz hinter Maria Loretto selbst zum Sterben legte, sagte
sie, denn ihre Schnur war leer:
für mein Sterbeglöckchen habe ich kein Geld mehr,
nun werden meine toten Kinder für mich sorgen müssen.

Wir dürfen nicht vergessen, sie taten es auch, und es klang wie
Engelsgesang.
Denn ohne jedes menschliche Zutun erscholl die Sterbeglocke sie-
benundzwanzigfach von Loretto und allen Türmen Prags, 1695
zur Pestzeit, für die Witwe Bohdana.

Mitfahren

Wie sah sie eigentlich aus?
Warum hatte er nur angehalten?
Ausgerechnet heute abend?
Na, ging auf Weihnachten zu.
Da, wieder dieses Breiige.
Durchatmen.
Vielleicht half es.
Vorsichtig.
Hörte sich ja sonst wie Stöhnen an.
Vierter Gang!
Würde sie ablenken.
Konnte der seine Scheinwerfer nicht richtig einstellen?
Verdammte Blenderei.
»Jetzt schneit es wieder«, sagte sie, und
»ist ja auch bald Weihnachten«.
Keine schlechte Stimme,
nur dieser feuchte Geruch,
dieses Lederzeug.
Und der Brei – so zerflossen.
Wenn nur die Straße frei wäre.
Er hätte sie nicht mitnehmen sollen.
War vielleicht sogar die Polizei hinterher.
Hatte sie überhaupt eine Tasche gehabt?
Kräftige Hand – rot.
Kein Ring.

Was die so spät noch da draußen wollte.
»Da, der Audi hinter uns, will der was?«
»Keine Ahnung«.
Muß sowieso aufpassen, scheint glatt zu sein.
Scheibenwischer schneller.
Hatte sie einen Namen gesagt?
Gleich wollte er sie fragen, gleich nach der Kuppe.
Vielleicht Anja,
Anja würde passen,
so heißen heut viele.
Brei, so wie als Kind, zum Kotzen,
und ausgebreitet – auch in der Lunge.
Beim Atmen – Brei.
Und vorne Brei – auf der Windschutzscheibe.
Durchatmen.
Runterschalten.
So früh Schnee.
Hatte er sie nun schon nach dem Namen gefragt?
Vielleicht sollte er das Radio einschalten.
Aber diese Musik.
Er konnte sie einfach nicht ertragen.
Schlagzeug, den Atem in den fremden Rhythmus pressen.
Pressen?
Ganz locker atmen.
Beiläufig.
Wie konnte er sie loswerden?
Was wollte sie?
Oder.
Wenn es gar kein Mädchen war?
Ein Junge? Weggelaufen?
Der Geruch.
Ja, feuchtes Leder.
Oder war da auch Schweiß?
Nein, das war kein Schweiß.

Na, Angst brauchte er vor einem Mädchen nicht zu haben.
Ein Kind fast noch.
Verdammt, er sollte auf die Straße sehen.
Oder.
Roch so nicht Blut?
Da steckte er schon wieder im Hals.
Dieser Brei.
So weiß, so verdammt zum Kotzen,
Schneebrei,
warmer Schneebrei.

Genesen

Eine Prozession in Bunt und Gold,
schwarze Pinguine als Anführer am lindfarbenen Band,
Flamingos mit stolzem Schritt
von zierlichen Hörnchen behockt,
Hechte, dem Wasser enthoben,
Katzen und Sankt-Peters-Fisch,
barttragende Robben von Papageien lautlos (heute) ge-
schmückt,
eine Elster auf geweihetem Hirsch,
und immer wieder Fasane und Pfauen im Rad,
getragen von Bären und Krokodilen.
Den Fluß herauf.
Ihr Auge schaute nicht endenden Zauber.
Düfte.
Gleichmaß und Bewegung.
Rotes gesondert von violett.
Staunen und Staunen.
Sie erwachte.
Das war die Genesung, wußte sie.

Eine Beisetzung

Der liebe Gott hat den 20. Juli 1994 als Todestag für den großen Maler Paul Delvaux freigehalten.

Sein Leichnam wurde sechs Tage in seinem Arbeitshaus und Museum in Sint Idesbald an der belgischen Küste aufgebahrt.

Zahlreiche Besucher trugen sich in die Kondolenzbücher ein.

Die Beerdigung fand am 26. Juli im flandrischen Veurne statt, wo er in den letzten Jahren – später erblindet – gelebt hatte.

Zweieinhalbtausend Menschen wohnten dem Gottesdienst in der Walburgakirche (an dem von ihm geliebten Walburgapark) bei.

Touristen und Einheimische harrten in froher Sommerkleidung neben den fünfzig Kamera-, TV-, Rundfunk- und Zeitungsleuten aus. Die geladenen Honoratioren, die Künstler, Ebenbürtigen (heimlich um den eigenen Auftritt besorgt) und die Schüler, die greise Schwester, gestylt (ein tausendfacher erstickter menschlicher Laut stand für Sekunden im Kirchenraum), des Malers Modell im weißen Kleid (vergessen?), die schönbleiche Nichte mit blasser Rosenblüte am Trauerhut, auch das kleine Männchen mit dem Bart (im Anzug heute) an einer Säule lehnend mit spitzer Nase, die Ehrengäste in Wichtigkeit zweifarbige Schärpen um die Bäuche, die Fans, ein Foto riskierend, die selbst dem Tode Nahen vom Altersheim, die Kirchendiener und die Gemeindeordner, die uralte Dame mit Einkaufstasche und Trauerschleifchen an den welken Ohrläppchen – sie gaben dem berühmten Mann das letzte Geleit.

Er gehöre zu den Unsterblichen, sagte der Pastor.

Männer aus Watou sangen Gregorianik.
Man verteilte – gegen eine Spende – Kärtchen mit einem Foto des Verstorbenen darauf:
– Paul, wir werden dich nicht vergessen.
Die alten Ägypter sagten:
Das wirkliche Grab der Toten ist das Herz der Lebenden.
Zwei Menschen trauerten.
Seine Pflegerin Agnes Vandromme und seine Großnichte.
Ich stelle mir vor, wie es gewesen wäre, hätte man ihn durch ein Spalier von gelben Lämpchen, an Eisenbahnen vorbei, von schwarzblickenden Jungfrauen zu Grabe tragen lassen – bei Mondschein in seinen unendlichen Raum.

Vor der Pilgerreise

In einem kleinen, überaus bekannten Dorf im nördlichen Indien in der Provinz Kaschmir gibt es einen Tempelbezirk, dem große, flache Wasserbecken vorgelagert sind. Die frommen Männer und Knaben legen hier ihre Kleider und Turbane ab, um sich in dem heiligen Wasser zu reinigen, bevor sie sich auf die ehrfürchtige Pilgerreise begeben. Dazu entflechten sie das zu einem festen Knoten gedrehte Haar und waschen es ebenso gründlich wie ihre schlanken Körper, die der Hunger ausgezehrt hat. Sie verwenden reichlich Seife, so daß das Wasser der Becken immer wieder mit milchigem Schaum bedeckt wird.

In diesen Becken leben Forellen.

Weil ihnen das seifige Wasser bekommt, der Bach auch nicht spart, frisches Wasser zuzuführen, die Menschen die Fische auch nicht töten, vermehren sich die Forellen.

Schon heute kann man sie nicht mehr zählen.

Daß die Fische die Menschen satt machen könnten, ist niemandem bekannt.

Lina L., im 86. Jahr

Wie hieß nur das Lied
mit liebster Jesu und Dankbarkeit?
Sie hatte es den Unmusikalischen
immer ins Ohr singen müssen.
Stolz war sie gewesen, aber die Jüngste von sieben!
Elektrisch, der ganze Körper elektrisch
so muß es im Elektri…
schwach, wie lange nun schon?
Konnte sie die Augen öffnen?
Brannte
die Mädchen drüben
's Maria, die sollte alles kriegen,
hatte ja nicht viel gehabt im Leben,
die anderen beiden, wenigstens Kinder,
die Männer, schon tot.
Wer schon gestorben war.
Otto mit 84
Hermann mit 86
Karl mit 79
Hermine mit 65
Julius mit 91
unser Mudder mit 76, und nie krank,

der Vadder, konnt nicht mehr gehn, war gestürzt.
Nach dem Krieg hatten sie die Treppe umgebaut.

War auch schön, früher,
aber arbeiten mußte man,
und Verehrer hatte sie auch gehabt,
die Postherrn, die Postherrn,
komm, setz dich zu uns, Lina!
und eins hintendrauf,
und sonntags Pferde einspannen.
Konnten den Fernseher leiser machen.
Wenn die Mudder stirbt.
Vielleicht Hände falten.
Zu schwach,
alles elektrisch.
Jesu meine Freude
war ja nie mehr in der Kirche gewesen, seitdem.
Der Hitler hatte die Jungen genommen,
achtzehn, – einundzwanzig,
Mudder, du ziehst mal zu mir,
hatte der Ulrich immer gesagt.
Und Arbeit, fünf Kinder großziehn,
zwei schwere Fehlgeburten,
jede Woche einen großen Kessel Wäsche, den Gadden,
Holz hacken, der Bubi die Englische Krankheit,
samstags die Kinder im Mühlgraben baden.

Und,
na, das hatte sie ihm dann später abgewöhnt,
wenn's nur ihm nach gegangen wäre,
der hätte noch mit achtzig!
Trinken könnten sie mir bringen –
Stock hart, kein Schlucken mehr
war bald vorbei
kein Sprechen mehr
was hatte 's Herta gesagt?
 – Entschuldigung und wie bitte?

Vornehmes Getue, wenn eins stirbt.
Durst
konnten das Licht schon mal ausmachen
'S Anneliese wollte ja den Pfarrer holen.
Aber da war 's Maria komisch:
Braucht unser Mudder nicht.
Elektrisch, elektrisch
Und wie die Engländer
das Schlafzimmer zugerichtet hatten.
Ein Schlückche Wein
Was für'n Tag?
Im sechsundachtzigsten Jahr.
Käthe, auch lange gelegen, 81.
Hedwig, im Krankenhaus, 74.
Da kommt unser Mudder nicht hin,
hatte 's Maria gesagt.
Kriegt auch alles, sind ja noch Sparbücher da.
Würd sie die Jungen wiedersehen, Polen, Rußland, –
und den Vadder?
Da saß er immer mit den Rätseln
und dem frommen Kalender.
Dem Helga hatte sie ja ihr Totenhemd gezeigt –
hätten se ihr heut morgen anziehen können. –
Wird leichter
rund
schweben.
Die Tür hatten sie auf,
wenn was passiert.
Will winken.
Will winken
so viel Kraft.
Wie schön leuchtet uns der Morgenstern

Brave New World

Daß die dicke und in die von ihrer früheren Arbeitgeberin vor Jahren abgelegte, an mehreren Stellen talentlos ausgebesserte Kleidung gezwängte Farbige, die von fisherman's wharf, nach einem Stück Fußmarsch, downtown zu ihrer neuen Putzstelle fuhr, oder umgekehrt – eine von ihrem dritten Mann verlassene Mama einer Reihe von Kindern, die, trotz ihrer Bemühungen um Geld, in den Straßen der Stadt streunten, die nach einem unserer verehrungswürdigsten Heiligen benannt wurde, sich nicht mit dem fettig getragenen Mantel in ihrer um Kleinigkeiten unbekümmerten Art auf den von einem unbekannten Rowdy mit seinen verdreckten Turnschuhen jedoch unerheblich beschmutzten Sitz in der U-Bahn setzte, lag daran, daß die zarte, weiße und mit einem wertvollen Ring geschmückte Hand der Mutter zweier schulpflichtiger Kinder – der Junge schon jetzt ein begabter Klavierspieler – ihr mit leichter Geste Einhalt gebot, um den Platz mit ebendieser Hand zu säubern.

Vor der Solidarität

Daß die beiden alten, eher kleinen und trotz schwacher Reiseneugier müden Frauen mit den billigen Koffern ihr Gepäck mühsam durch die langen Flure des noch halb fertigen Hotels in diesem bekannten Wallfahrts und Touristenort ziehen, heben, schleifen mußten, lag nicht daran, daß das Heer der Hotelangestellten und Träger gelangweilt in der Halle herumstand (denn die Planwirtschaft wurde schon 1980 unterhöhlt), sondern daran, daß in jeder Minute der andere Reisebus erwartet wurde, und man dann alle Hände voll zu tun haben würde, die feinen und die strapazierfähigen Lederkoffer und Samsonites, ja sogar Handtaschen zu transportieren und deren Besitzer – überflüssig zu erwähnen, daß sie die gleiche Sprache sprachen wie die Müden – zu begleiten bis an die selbstverständlich ausgewählten Zimmer, um dort sogar die Arbeit des Schlüsselumdrehens zu übernehmen.
Wer wollte es den Familienvätern oder ums Vorwärtskommen bemühten jungen Männern verargen?

Die Monstranz in Maria Loreto in Prag

Daß die Liebe zwischen zwei ehrbaren und tüchtigen Männern, die ihre gegenseitige Anziehung und Freude, ihre Beratung und Hilfe, ihre Zärtlichkeit – auch 1696 vor der Welt und am Wiener Hof diskret verborgen – , ihre völlige Verschiedenheit an Charakter und Gestalt, ihre Gleichheit in Geschlecht und Höhe des Künstlertums, nun schon bald dreihundert Jahre mit Bewunderung, ich möchte sogar sagen mit Ergriffenheit und Ehrfurcht von wechselnden Armen und Reichen, Mißgestalteten und Schönen, Heiden und Christen betrachtet werden kann,

– denn sie erhielten die seltene Gelegenheit, diese 6222 Diamanten, ausgehändigt von Heinrich Wendelin Froideval von Kaltenthal und das Versprechen, im Vertrag am 24. Januar 1696 unterzeichnet, nach dem Willen der ein Jahr zuvor verschiedenen liebenswürdigen Stifterin des Schatzes, Ludmilla Eva Franziska Kolowrat, mit ihrer Geduld zu schmieden – nämlich die göttliche Monstranz, später die »Prager Sonne« genannt – und in Vereinigung, ja dichter Verschmelzung des Spitzen, nach außen Strebenden mit dem Weichen und Verschlungenen (als leichtes Zeichen göttlicher Liebe das Vöglein!), das Fragen und Antworten gleichsam zu verbinden, das Verharren und Fliehen zu schaffen, alles ausgeführt in Silber und Gold und während der dreijährigen Arbeitszeit –,

ist ihrer Hingabe zu verdanken,
mit ebensovielen Küssen bedacht,
nämlich 6222, einen für jeden Diamanten
– von Matthias für Johann
– von Johann für Matthias.

Unangemessen

Sie standen am Strand, alt und verliebt und von scharfwindiger Märzsonne und krachenden Wellen umgeben. Tändelten, lachten, küßten hier und da, zogen sich im Scherz Mütze und Schals zurecht, stießen mit den Knien gegeneinander, knöpften auf, knöpften zu, wischten Kälte und Lachtränen weg, schubsten, traten auf den Fuß.

Sie hing sich an ihn. – Kannst Du mich auch halten?

Er ließ sich – in Leibesfülle – nach hinten.

Sie griff mit schwachen, von den Jahren gekennzeichneten Händen in seine Jacke, erschrocken, aufschreiend, lachend.

Sprang da ein junges Mädchen herzu, blondes Engelhaar, taillenschlank, aufgerissenes Blauäugelein: »Kann ich helfen? Geht es nicht gut?« und machte dem fröhlichen Treiben wohlmeinend hilfreich ein Ende.

Andacht in Prinknash Abbey

Über Painswick den single carriageway wenige Meilen nach Norden, dann an der richtigen Stelle links abbiegen, so gelangten wir in einen Garten Gottes, in dessen hügeliger und grüner Mitte die Prinknash Abbey liegt, mit Wiesen und Vögeln und vielfältigen Bäumen im Wind.

Da die Sonne sich schon neigte, war auch das Tagesgeschäft, das die Mönche nährte, beendet, die pottery also geschlossen, die Spuren der kauffreudigen Ausflügler beseitigt.

Die bescheidene Glocke läutete zum Abendgebet in der Krypta des Klosters. Der um die Jahrhundertwende errichtete Bau, nicht als schön oder interessant zu bezeichnen, erweckte meine Neugier und ließ mich der Verlassenheit des Ortes und den Pfeilen 'church' und 'krypt' nachgehen.

So drang ich immer tiefer in die Räume der Mönche ein.

Die Kirche war ja immerhin zugänglich, es hätte ja auch sein können, ich wollte...

So beschwichtigte ich mein Kindheitsgewissen.

Die Kutten waren hell, die Köpfe der Dominikaner bar oder bedeckt, die Lieblingsplätze eingenommen, verstreut im Raum.

Gebet oder Meditation, Ausruhen oder Pflicht,

heimliche Privatheit?

Ich konnte es nicht ausmachen und beschloß, mich der Stille anzuschließen – in der letzten Bank und ganz rechts, aber bemerkt.

Versenkung, Ereignislosigkeit, mal ein Husten,

ein vorsichtiges Bewegen des Kopfes – ein Senken der Augen.

Für Sekunden kam die Sonne noch einmal durch die seitlichen Glasfenster: eine Zäsur für die Wartende.

So saß ich als Fremde ihnen im Rücken. Waren Frauen überhaupt zugelassen?

Nur eine leichte Ablenkung würden die Betenden beichten können.

Da zog vorsichtig Pater Vorbeter die Linke unter der Kutte hervor, schaute kurz aufs Handgelenk. Ein Ave Maria noch, naja.

Als er aufstand, um durch die Reihen nach vorne zu gehen zum gemeinsamen 'our father', schlüpfte auch die Katze unter seiner Kutte hervor und räkelte sich noch ein Weilchen auf der körperwarmen Bank des Ordensmannes.

Ehe der Drachen steigt

Denn jeder Schritt schob die Sohle kurz in den lockeren Sand.
Doch er erreichte den Drachen schnell, befreite dessen eingekeilte
Seite, streckte sich –
nicht ohne sich der Vergeblichkeit zu schämen, ließ auch den
Wind an den weiten und schweren Baumwollhosen zerren, faßte
mit weggebreitetem Arm das blaue Ende des leichten Gebildes,
rannte gegen die Böe, soweit das Seil es zuließ, machte auch sei-
nem Freund Zeichen, die Schnur zu lockern, lief dann geschäftig
zurück, – kurzes Aufsteigen und Glück! – und unvermitteltes
Abfallen.
Die Seite schoß in den Sand wie von böser Hand gezogen.
Gemeinsam versuchte man, das verknotete Band zu entwirren.
Aber ein zweiter und ein dritter Versuch, das blaue Trapez der
Luft zu überlassen, schlugen gleichfalls fehl.
So schnell geben die beiden Männer nicht auf. Man muß mehr
Zähigkeit aufwenden, geduldiger die Kordel hindurchschlingen,
und wickeln, gleich dann! – ihn richtig hochhalten und gegen
den Wind anlaufen!

In Oostende

Was wäre die Kutschfahrt ohne den Hut
Die müden Pferde von Autos gesäumt
Scharf am Hafen vorbei
und den Blick frei
für CAR FERRY TO DOVER
entlang
Straßenstriche
gleich
Und im Buckeln so das Gefühl,
sich was leisten zu können
die schmutzige Decke über den Perlonstrümpfen
ein bißchen länger könnte es ja dauern.
Und was wäre die Kutschfahrt
ohne den Hut des Kutschers?

Telefonieren

Wie die Augen des Jungen den kurzen Bewegungen des Vaters folgten.
Hörer abnehmen,
zweimal fünf belgische Franc einwerfen,
Tasten drücken,
00, dann 49, dann die Ziffern von Köln und Zuhause –
und
Kopfschütteln
dann Klacksen
und die Münzen aus dem Kläppchen mit Zeige und Mittelfinger entnehmen und gleichmütig (später sorgenvoll) die Mienen der Wartenden streifen, deren Schlange sich langsam um die Ecke schob.
Und dann die Wiederholung in ebendieser Reihenfolge:
Die bezifferten Tasten drücken, die fremdem Geldstücke hinein-stecken, die so regelmäßig wieder zurückfielen.
Und dann wieder alles von vorne.
Das Kind begann, sich der Beharrlichkeit des Vaters zu freuen. So hätte ihn die Mutter sehn sollen!

Und obgleich es unterm Warten, zwischen Glas und scharfem Blech in der engen Zelle, vorsichtig die Buchstaben in der fremden Sprache studierte, auch endlich Wörter fand, die es lesen konnte, 00 wählen, Auslandston abwarten,
da auch die aufkeimende Erkenntnis durchaus nicht unterdrück-

te, also begriff, daß die väterlichen Wiederholungen sich dem Ziel nicht nähern konnten, legte es trotzdem den Finger nicht auf das Gedruckte an der Wand,
sondern entschloß sich, sein Gefühl festzuhalten, seine Liebe zu der Unbeirrbarkeit des Vaters, der dem Vergeblichen trotzte, und der auch von der seltsamen Fürsorge seines Sohnes nichts wußte.

Geburtstagsmorgen

Mutters Geburtstag ist ein besonderer Tag.

Da laufen die Kinder in Nachthemd und schleifender Schlafanzughose an ihr Bett.
Da dreht der Vater die Rolläden hoch und ruft: Geburtstagswetter!
Alle singen: Wir gratulieren!
36 Kerzen werden angezündet, obwohl das den Vater nervös macht, denn er muß zu einer wichtigen Besprechung in die Firma.
Ja, leider heute!
Das Berufsleben nimmt keine Rücksicht auf den Geburtstag der Mutter. So ist es nun mal. Aber die Kette liegt auf dem Frühstückstisch bereit, denn das Fräulein von Krämers Juwelen war so freundlich, sie als Geschenk einzupacken.
Der Vater muß sich beeilen.
Die Mutter hat Verständnis.
Die Mutter lächelt an ihrem Geburtstag.
Sie gießt den Kaffee aus.
Sie freut sich über die Kette.
Sie betrachtet die Bilder der Kinder.
»Du hast ja unsere ganze Familie gemalt«, sagt sie zu dem Jüngsten.
Aber der Vater muß schnell los. »Denkt an den Müll!«
Mutters Geburtstag.

Da gehen die Großen auch zur Schule. Der Kleine bleibt mit der Geburtstagsmutter am Tisch.

– Später will er den Mülleimer zur Straße schieben, um ihr eine Freude zu machen.

Die Mutter besorgt den Geburtstagshaushalt. Dann kommt der Kleine von der Arbeit mit dem Mülleimer herein. Er setzt sich an den Tisch, der ein Geburtstagstisch war mit Blumen und Kette und gemalten Bildern.

Er braucht ein Radiergummi.

»Den Vater male ich lieber zum Haus vom Philip, da ist er gerade herausgekommen, und er hat gesagt, das war dumm, daß er uns das mit dem Mülleimer überlassen hat.«

Frühstück

Er leerte die zweite Tasse Kaffee nur zur Hälfte.
Sie schien wieder ihre Diät zu machen. Betont langsam trank sie irgendeinen Tee.
Ihr nahezu teegrünes Gesicht stand ungepflegt und langweilig über dem Frühstückstisch.
Noch ein paar Belanglosigkeiten fallen lassen, dann könnte er die Zeitung nehmen.

Er erkundigte sich nach dem Garten. Ob es mit dem Schneiden der Hecke noch eine Woche Zeit habe? Wann Elternsprechtag sei, oder ob man als Vater eines achtzehnjährigen Sohnes da nicht mehr in der Pflicht stehe. Was die Kursfahrt koste.
Erleichtert, bis zu diesem Punkt des unvermeidlichen gemeinsamen Frühstücks gekommen zu sein, entfaltete er das dünne örtliche Blatt.
– Hier, das Lokale für dich! Damit reichte er seiner Frau mit angestrengter Lockerheit die wenigen Seiten.
– Sag mir dann, wer gestorben ist! (Als ob ihn der örtliche Quatsch interessiere.)

Nun würde er ein paar Minuten entspannen können, ein bißchen planen, wie die Dienstreise über das Wochenende hinaus zu verlängern sei, und wie man das vor ihr begründen könnte.
Daß ihm diesesmal nur ja kein Fehler unterliefe!
Die Welt war klein. Auch in München sollte er sich mit Gabi

nicht Arm in Arm auf der Straße sehen lassen. Ging nicht eine der Kursfahrten nach München, Deutsches Museum oder so?

Die Liebe nicht zeigen dürfen, das würde sie wieder traurig machen. Was mochte nur gestern los gewesen sein? Ob sie beleidigt war, daß es mit einem Urlaub im Sommer nicht klappte? Warum hatte sie sich nicht gemeldet? Er hatte es doch xmal versucht. Warum hatte sie nicht abgehoben? Sobald er hier raus war, würde er als erstes anrufen, noch auf dem Weg ins Büro, von einer Telefonzelle aus.

Man mußte vorsichtig sein. Es war durchaus ungewiß, ob das Telefonieren im Büro sicher war und nicht mitgehört wurde.

Er sollte mal was sagen. Vielleicht etwas Unverfängliches:

– Der Genscher fliegt schon wieder nach Fernost.

Oder eine Frage stellen:

– Wird die Schnellstraße nun wirklich am Friedhof entlang gebaut?

Er hörte sich laut reden.

Ihre Antwort nahm er jedoch nicht mehr wahr. Also entschloß er sich, etwas Neutrales zu antworten:

– Tote hören ja keinen Verkehrslärm!

– Und an die Trauernden denkst du nicht? – Hatte sie nun wieder ihr »typisch« angefügt?

Zur Überbrückung nahm er einen Schluck Kaffee.

– Stell doch die Tasse nicht neben die Untertasse!

Woran denkst du eigentlich?

Verdammt. Er mußte sich konzentrieren.

Er würde Gabi mit dem Zug ein Stück vorausfahren lassen. Wenn ihr Golf vor der Tür stand, würde man auch annehmen, sie sei zuhause. Diesmal wollte er nicht wieder den Fehler machen und ohne Schlafanzug fahren. Das war ihr im April direkt aufgefallen, und es war durchaus fraglich, ob sie ihm die Ausrede abgenommen hatte.

Noch eine Minute, dann würde er aufstehn! Die Telefonzelle am Karlsring war um diese Zeit meist frei. Falls ihn ein Bekannter sähe? Ein Kunde rechne bis 8.30 Uhr mit seinem Anruf, er habe vergessen, von zu Hause aus anzurufen.

– Ein Autotelefon könnte er gebrauchen!

– Da hat sich schon wieder jemand totgefahren! Hör dir das mal an: »Junge Frau fuhr vorgestern abend zwischen zehn und elf Uhr mit erhöhter Geschwindigkeit auf der B9 in Richtung Bonn und prallte nach einer scharfen Linkskurve so unglücklich gegen einen Baum, daß der Wagen Feuer fing. Die Leiche der einunddreißigjährigen Gabriele F. verbrannte bis zur Unkenntlichkeit, der silberfarbene Golf GTI wurde völlig zerstört.«

Schrecklich. Daß die jungen Leute auch immer so rasen müssen.

Sein Blick fiel auf seine zitternden Hände.

Nur jetzt die Zeitung festhalten. Festhalten, festhalten.

– Bleibst du nun über das Wochenende in München?

Dann lade ich mir eine Freundin ein.

– Übers Wochenende? – Nein, nicht ...

– Du mußt los! Es geht schon auf halb neun.

Sie erhob sich, um den Frühstückstisch abzudecken.

Liebe
(noch eine Reisegeschichte)

Vom Van-See kommend hatten sie sich endlich auf harten ausge-
mergelten Straßen der Stadt genähert.

Diyarbakir!

Gegen den Himmel!

Sie würde sie lieben.

Um der einen schmalen dunkelhäutigen Samariterin willen.

Diyarbakir, die Herrliche, die Südliche, die Liebenswerteste.

Unter allen Städten!

Erschöpft fanden sich die Touristen im Hotel.

Ein Bau, blaß, und in schmale Gassen geklemmt. Die Zimmer von
türkisfarbenen Wänden.

Die Fenster dicht zum Nachbarhaus und mit schmalem Blick in
die Warte- und Praxisräume eines Gynäkologen. Von geraden
Vorhängen halb verborgen und sonnenlos.

Aus dem kargen Bad stieg auch hier der saubere Geruch von
Kernseife. Auch hier tropften die Hähne gelbe Rinnen in Becken
und Wanne.

Gepeinigt von Leibschmerzen hatte sie sich noch angekleidet auf
das linke der beiden Betten gelegt. Es blieb eine Hölle. Sie wandte
sich. Fand kaum Erleichterung.

Ob das Übel durch die tagelange anatolische Autofahrt oder die
Medikamente gegen den Durchfall hervorgerufen, konnte sie
verzweifelt nicht ausmachen.

Die anderen überließen sie sich selbst.

Mit achtlosem »Gute Besserung« schloß auch er sich der Gruppe an zu der später zuhause viel gescholtenen und außergewöhnlich heißen Erkundung der Stadt und dem dabei als eher pflichtmäßig empfundenen Gang auf der Stadtmauer. Vage nur hatten die Besucher Zauber und Licht genießen können, die Hitze zerstörte. Bettelnde Kinderhorden hatten sich an Kleidung und Taschen gehängt, nur neugierig? – so sollten sie später berichten.

Kaum Kraft, ihre Verlassenheit zu bedauern, lag sie, gezogen von Darmkrämpfen, im halbdunklen Zimmer allein, als man an die Tür klopfte.

Ihr schwaches Besetzt (als ob das Schlafzimmer eine Toilette sei) schien nicht verstanden, denn der Schlüssel drehte sich.

Weil ihr jegliche Abwehr abhanden, ließ sie es halb wartend, halb leidend geschehen.

Eine schwarze Gestalt erschien mit allerhand Lappen, Besen, Scheuersand.

Die Liegende erblickend und ihres weiblichen Geschlechtes sicher, schob sie die schwarzen Schleier einen Streifen breit vom Gesicht zurück. Indem sie ihre Gerätschaften hochhielt, bedeutete sie ihre Wichtigkeit und ebenso die Unaufschiebbarkeit ihres Auftrags.

Die Gepeinigte zeigte mit mildem Verständnis gegen Fußboden und Bad, legte ihre Hand über der Kleidung auf den Bauch, versuchte ein Lächeln und hoffte, verstanden zu werden.

Mit leichter Bewegung warf die Einheimische ihre Tücher über Kopf und Rücken nach hinten, gab ein einfaches, mehr trauriges als schönes Gesicht frei. Dann war sie schon – ohne Laut oder Umstände – an ihrem Bett, ließ ihre schmale Hand und den braunen beringten Arm weit aus dem ärmellosen Çarsaf heraus und fühlte direkt und ohne Umschweife den betonharten Leib der Gequälten. Wie ein Kind genoß diese den dunklen sorgenvollen Blick der Frau. Die nun knöpfte, schob auch den Reißverschluß der staubigen Jeans bis an den Anschlag zurück, zwängte ihr schließlich das enge Kleidungsstück über Gesäß und Oberschen-

kel bis zu den angeschwollenen und überhitzten Knien und endlich den Füßen hinab.

Entblößt ließ die Kranke alles mit sich geschehen.

Die Einheimische ihrerseits krempelte die weiten Röcke nach
oben, steckte den Rand der Stoffmenge unter den Taillenbund,
warf endlich Peçe und Çarsaf gänzlich hinunter.

Mit der Schulter stieß sie gegen die nachgebende Tür des Bade-
zimmers, drehte den Wasserhahn vollends auf, ließ das Wasser
über den blanken rechten Arm laufen, rutschte leichtfüßig aus
den flachen Stoffschuhen und war mit einem kleinen Satz auf
dem Bett, nicht ohne zuvor ihre auf der nackten Armbeuge trans-
portierte Wassermenge über den gespannten und gemarterten
Bauch der Patientin verteilt zu haben. Die Füße rechts und links
neben den fremden Hüften, so hockte sie andachtsvoll über ihr,
glitt mit der seifigen Linken über den Leib, massierte anschließend mit der anderen, wiederholte die Prozedur, indem sie immer wieder Wasser und Seife aus dem Bad mit bloßen Armen
und Händen herbeischleppte, spendete, verteilte. Sie rieb und
knetete, um nach langem Bett-rauf-und-runter-Hüpfen, Massie-
ren und Schmieren ihre Arbeit auf Beine und Füße auszudehnen.

Der Schmerz wich. Das Bett schwamm in Wasser und Kernseife,
und die Touristin machte eine Erfahrung.

Die Schwimmer

Er warf sich ins Wasser, ließ sich genüßlich schwebend absinken, verharrte für Sekunden im Weichen, um kurz vor dem Bersten emporzusteigen, tief und erlöst Luft schöpfend.

Mit wenigen Zügen war er am Rand des Beckens, schlug das Haar aus der Stirn, schwang sich hinaus.

Dieses tägliche Schwimmen war der richtige Ausgleich zum Abiturstreß. Er würde heute abend konzentriert an die Mathematik gehen. Sich die Probleme noch einmal vergegenwärtigen, vielleicht die eine Aufgabe vollständig durchrechnen. Dann konnte eigentlich nichts mehr schiefgehen.

Vierzehn Punkte mußte er erreichen, dann wäre ihm der Schnitt sicher und – so hatte er ausgerechnet – der Studienplatz für Medizin. Das war sein Ziel. Dafür lebte er seit Jahren.

Dafür jedenfalls auch.

Kraftvoll streifte er das Wasser vom Körper. Dann klatschte er dem Wartenden auf die blasse, jetzt fröstelnde Brust.

Er reichte ihm die Hände.

An der Wasserschwelle gab er auf die unsicheren Füße acht, half.

So war er ihm vertraut.

Dieselben Augen – aber ängstlich.

Derselbe Mund – geöffnet zu diesem unbestimmten Lächeln.

Dieselben Arme – aber schwach.

Er bewegte ihn vorsichtig und spielend im Wasser.

Rauhe Laute – aber die Stimme glich seiner Stimme.

Bruder – das Wasser verwischte sein Gurgeln.

Gleis 7
Köln, 31.1.98

Verspätung aus Richtung Warschau.
Warschau ist weit.
Paris ist weit.
Die Haut der Mama ist dunkel und glatt.
Die Taube hat nur einen Fuß.
– Renn nicht zwischen den Leuten!
Der Zug hat Verspätung.
Die Puppe braucht kein Kleid.
Die Puppe ist nackt.
Die Arme sind weiß und lang.
Die Beine sind weiß und lang.
Die Puppe hochhalten und rennen.
Das Puppenhaar ist ein Fahnenhaar.
Die Brüste sind hart.
Die Puppenbrüste sind weiß und hart.
Die Mama ist weich und braun.
– Renn nicht zwischen den Leuten!
Das Puppenhaar ist weich und lang.
Mit der Fahnenhaarpuppe zwischen den Leuten rennen...
Mit der Fahnenhaarpuppe zwischen den Koffern rennen...
Jungen rennen gern.
Kleine braune Jungen rennen gern mit weißen dünnen Fahnen-
haarpuppen zwischen den Koffern.

– Jag nicht die Tauben!
Die Taube hat nur einen Fuß.
Das Mamahaar ist kein Fahnenhaar.
Das Mamahaar ist schwarzes Tiefkuschelhaar.
Die Mama ist braun und müde.
Die Puppe ist weiß und nackt.
Ihre Spitzkniebeine hochhalten und mit der kalten Fahnenhaar-
puppe durch die Kölnluft rennen!
Keine Koffer umstoßen und nicht von der Bahnsteigkante fallen,
die Tauben nur ganz vorsichtig jagen
und
die dünne nackte Fahnenhaarpuppe schwenken,
– bis Frankreich ist.

Mutter und Sohn

Es fand ein Konzert statt, ein paasconcert, am zweiten Osterfeier-
tag in der Duinenkerke zu unserer lieben vrouw und gesponsert
vom Lions-Club von Westvlaanderen.
Die Mutter betrat den ebenso breiten wie hohen Kirchenraum
spät. Zahlreiche Menschen hatten schon auf den niedrigsitzigen
Stühlen mit den kopfhohen gesproßten Rückenlehnen Platz genommen, die man in sechs breiten Reihen aufgestellt hatte.
Sie betrat den Raum spät, schlank und lächelnd. Die Frisur war
wieder ein Kunstwerk geworden und hatte sie heute länger als
eine halbe Stunde in Anspruch genommen.
Schon in langem Rock und anliegendem farblosen Kaschmirpull-
over, seidene beigefarbene Söckchen locker um die Fesseln gelegt
– ein ungewöhnlicher Kontrast zu den braunen halbhochhak-
kigen Flechtschuhen, in die sie anschließend schlüpfen würde, so
hatte sie im Bad gestanden und das schwere schwarze Haar weit
über die Schultern hinabfallen lassen. Ihr schmales, von kräftigen
Farben und braunen Augen strahlendes Gesicht wies nur – neben
blendenden Zähnen – den kleinen Schönheitsfehler einer zu kurzen Oberlippe auf. Zahnfleisch über den hübschen tiefrotgezeich-
neten Lippen. Ein Zahnfleischlächeln. Sie hatte es von früher Jugend an als Makel empfunden. Aber sie hatte gelernt, ihrer
Schönheit andere Akzente zu setzen. Mit dem breitzahnigen
Hornkamm, dessen silberne Jugendstileinfassung sie besonders
liebte, teilte sie das Haar rechts von der Mitte. Nun begann sie
nacheinander den feinlinigen Schläfen entlang kräftige inwärts

gerichtete Rollen – die die Natur schon apart mit Silber geschmückt hatte – zu drehen. In Nackenlänge klammerte sie die seitlichen Haarrollen mit einfachen Spangen ab, damit sie sich während der schwierigen Minuten der Flechtung und Drehung, des Streckens, Feststeckens und Schmückens der langen und noch schwarzen Hinterkopfhaare nicht auflösten. Endlich zur Vollendung löste sie erst den rechten Strang, wandt ihn über den Nacken am Hinterkopf hinauf, die schimmernde dunkle Spange hielt ihn, und führte ihn dann auf die andere Seite. Diesesselbe spiegelbildlich gelang ihr mit der anderen Haarhälfte, so daß das Ganze schon – bei aller Bescheidenheit – ein Ereignis zu nennen war, nachdem sie es wie locker und wie zufällig mit den übrigen Haarverschlingungen verknüpft hatte.

Dem Sohn war erlaubt, dieser heiligen Zelebrierung vom Badewannenrand aus zuzuschauen. Daß er nicht schwatzte, lachte oder Fragen stellte, verstand sich von selbst. Er hatte den ganzen Nachmittag geruht, dann ein lauwarmes Bad genommen, eine Tasse Schokolade getrunken und ein paar Kekse gegessen, die Kleidung, die die Mutter schon am Vormittag bereitgelegt hatte, angezogen, einen Scheitel gekämmt. Sein weiches braunes Haar, die dunklen Augen. Er lächelte. Seine Oberlippe reichte anmutig bis zu den rührend großen Zähnen seines siebenjährigen Kindergesichts.

Für einen Augenblick schaute die Mutter im Spiegelglas an sich vorbei, sah ihr kleines makelloses männliches Ebenbild und geriet in heimliches Entzücken, ob der hübschen Ergänzung, einer Perle über ihrem eigenen Glanz.

Daran erinnerte sie sich nun, als die Plätze im Kirchenschiff vollständig besetzt schienen, und obwohl sie entschlossen, den Jungen, im feinen Seidenkäppchen, an der Hand seitlich vor sich herführend, mit ihrem – nicht ganz makellosen – Lächeln sich erkundigte, ob der Platz frei sei, mußte sie trotz ihrer Schönheit erfahren – nein, er sei nicht frei. Aber sie war mutig und bemühte sich weiter, lächelte, fragte, schob den Knaben behutsam voran und erhielt schließlich einen Stuhl, nicht zu weit hinten – zentral genug für ihre Kostbarkeit.

Sie nahm ihr Söhnchen auf den Schoß und gab so zusammen mit ihm unter zärtlich geflüsterten Erklärungen – Oboe, Klarinette, Tuba! – unter all den Honoratioren, Bachliebhabern, Kirchenschwestern in ihren Anzügen, Dauerwellen, Schläfrigkeiten, Schweißgerüchen und Parfüms – ein wahrhaft liebliches Bild ab.

In Cleversulzbach

Gewöhnlich kamen die Bauern am Abend ums Viertele. Aber jetzt war die kleine Gaststube von den Gerätschaften des Fernsehens verstellt. Die Ecke neben dem Kachelofen sollte besonders ausgeleuchtet werden. Daneben auf der Bank, Frau Seebold, schmal.

Man hatte sie nicht gebeten, die Nylonkittelschürze abzulegen, aus Respekt vor ihrem Alter, obgleich der Leiter der Sendung gerade diese als Stilbruch empfand. Das Gemälde, das den Dichter in seinen besten Jahren zeigte und eine Fotografie von Fanny, oben an der Wand. Ein von ihm selbst bemalter Stein, ein Väschen aus seinem Besitz, Zeichnungen, Gedichte in frühen Ausgaben, ein Brief an seine Verlobte – die Kamera verweilte auf den bescheidenen Erinnerungsstücken.

Da sei der Hahn! –

Ja, auf dem Friedhof läge neben seiner Mutter auch Schillers Mutter.

Seine Kanzel sei noch in der Kirche, hinten im Eckl zu sehen, auch der Pfarrgarten, wenn man durchs Törchen am Friedhof gehe.

Der Moderator brachte sie geschickt zum Reden.

– Das Mikrofon nicht so dicht! Vielleicht hinter den Pfeifenkopf.

– Freilich, sie hätt' auch viel gelesen. Ihre Mutter hätt' die Tochter ja noch gekannt. Nein, hier aus der Gedächtnisstube nähm niemand etwas weg, was da her käm – alles liebe Leute.

Ob sie auch etwas auswendig weiß?

Ja, das Gedicht von den Bauren, –
meine guten Bauren freuen mich sehr
Frau Seebold zitierte und zog das r bei den Bauern einen Buchstaben nach vorn.
 – im Garten stehlen sie mir den Salat
in der Morgenkirch mit guter Ruh
erwarten sie den Essig dazu;
der Predigt Schluß fein linde sei,
sie wollen gern auch Öl dabei.
Sie guckte vielsagend. Die Bauren hier! Stehlen sie den Salat!
Die schmalen Lippen der Alten wurden breit, lächelten. Die Kamera blieb länger auf ihrem Gesicht.
Man ließ sich noch mehr erzählen. Daß die Mutter der ersten
Braut gegen die Verbindung gewesen sei wegen dem Finanziel-
len! Die vielen Vikarstellen!
 – Wo kann man hier essen? Der Kameramann hatte es plötzlich
eilig. Schwäbisch Hall war nicht allzuweit. Gesendet wird in vier
Wochen. Wir schreiben ihnen ein Kärtchen! Und besten Dank!
Die Leute vom Fernsehen waren vergessen. Schulklassen dräng-
ten herein. Die Bauren von Cleversulzbach kamen um ein Vierte-
le. Ein Doktorand aus Göttingen fotografierte Buchseiten. Die lä-
stige Gallengeschichte machte der Alten zu schaffen.
Sie mußte ihr kleines Wirtshaus eine Zeitlang schließen.
Als sich etwas Besserung abzeichnete, sie auch das Bett wieder
verlassen konnte, saß sie bald wieder in der Gaststube.
Gegen Abend kamen die Bauren ums Viertele.
 – Setz dich zu uns! Und wenn wir das Viertele getrunken haben,
dann bring uns noch eins, und dann müssen wir ernst mit dir
reden!
Der Däuble schlug mit dem Finger gegen die Tischkante.
 – Du hast uns schlecht gemacht!
Wir stehlen keinen Salat!
Das kann man doch im Fernsehen nicht sagen.
Wo alles rein schaut!

118

Heut, Seeboldin, trinken wir noch mit dir! Damit hoben der Bräuninger und der Lumpp den letzten Schluck gegen die alte Frau.

– Aber, wenns nochmal gesendet wird, daß wir den Herrn Pfarrer bestehlen, und noch sein Essig und Öl wollen, kannst mit uns nicht mehr rechnen!

Die Beleidigten erhoben sich.

Als sie mit schweren Schritten durch den kleinen Flur hinausgingen, schob Frau Seebold die Bücher auf dem schmalen Tisch zurecht, lächelnd.

Ansprache des Stellvertreters
an seine tote mamá

Taube mamá, verehrte und taube doña Gloria!
Aber, daß du den Bruder so liebtest!
Er war dein rechtes Auge, wie man bei uns sagt.
Wie du ihn wieder hergerichtet hattest!
An jenem Dienstag.
Als tia Nièves eilig in den Hausflur trat,
um den Tod von Hermana San José zu melden.
Als du dich also zum Gebet in der Kapelle fertigmachtest.
(War die alte Nonne eine Lehrerin von dir gewesen?
Eine entfernte Verwandte?)
Als Isidoro sich wieder so wichtig tat.
(Ich gebe zu, er war zwei Jahre älter.)
Wie er den Kopf so stolz nach hinten warf!
Damals, am Dienstag, noch in der alten Badestube.
Taube doña Gloria! Meine mamá!
Du erinnerst dich!
In der füßigen, großen Badewanne.
Das Wasser abgezapft für einen Tag.
In unserer heißen Stadt.
Heut muß ich es dir sagen.
Daß dein Liebling
endlich im Wasser lag.
Unbrauchbar für sein Amt, die taube mamá zu begleiten,
– es war meine Schuld.

Ich hatte ihm Unflätiges gesagt,
wie ein Schwein gequiekt,
vielleicht,
wie ein Pferd gewiehert,
hinter deinem Rücken, taube mamá!
Du hattest schon den Schleier aufgesteckt,
den Rosenkranz bereit.
Du wolltest dein Gebet für die Tote verrichten.
Einen Tag nur wurden sie bei uns aufgebahrt.
Mamá, sei mir nicht böse,
dieses eine Mal war der Bruder entthront.
Der Stellvertreter durfte mit.
Du erinnerst dich, wie wir auf dem schmalen
gepflasterten Gehsteig,
– oh, der Duft der naranjas! –,
die calle Bailen entlang,
links die Guzman el Bueno zum Kloster hingingen!
Doctrina Cristiana.

(Ja, es ist alles heute noch genau so, wenn ich zur semana
santa nach Hause komme.)
Sicher bin ich ganz bedeutend neben dir hergegangen.
War die Tür der Kapelle geöffnet?
Du erinnerst dich doch?
Meine mamá, meine verehrte taube mamá.
Unser heller, blauer andalusischer Tag!
Die kühle dunkle Kapelle.
Du tratest ein mit deinem Zweitgeborenen.
Das Allerheiligste.
Niederknien, bekreuzigen,
Stirn – Brust, linke Schulter – rechte Schulter.
Leise.
Genießen.
Ich war wichtig.

Ich hatte mir den Platz neben dir abgetrotzt.
Knien.
Knien.
Meine kleine achtjährige Hand auf dem Hölzernen daneben.
Im Namen des Vaters, des Sohnes und des Heiligen Geistes.
Warten.
Und auskosten.
Und dann langsam hochkommen.
Die Augen unterschieden.

Die Hand tastete links.
Liebe, tote taube mamá!
Das Gesicht!
Es war zu nah für mich.
Das weiße kerzige Liliengesicht der Hermana San José.
Flach,
im Habit,
die gefalteteten Hände so deutlich und stumm.

Ich habe es nie vergessen.
Meine taube mamá.

Umarmung
(Versuch)

Am nächsten Morgen stand er noch in der Dämmerung auf, startete den Bus und fuhr los.
Er nahm die kleinen sanften Straßen, warf an mancher Biegung einen gleichmütigen Blick auf das Meer, bog um Hecken, einen Steinwall.
So fand er sich zurecht.
– Die kleineren Kinder hatten schon in ihren Schlafsäcken gelegen, bretonischen Sand zwischen den Zehen, steife Salzhaare um die Gesichter geklebt – und bei offenen Zelten.
– Die großen waren zwischen Dünen und Atlantik gerannt, Lachen, Flüstern, Kampf.
– Die Erwachsenen hatten sich zerstreut. Zu Paaren. Allein.
– M. war mit ihm und Barbara im feuchten Sand sitzengeblieben. Der Rotwein hatte sie ein bißchen müde gemacht.
Sie hatten geschwiegen.
Auch gewartet. Auf das dunkler werdende Meer.
Wechselnder Himmel. Licht. Tiefe.
Heute war die Dämmerung lebhafter als sonst.
Das Geschirr hatte noch gespült werden müssen, die Käsereste verpackt. Man hatte sich Zeit lassen können. Ein bißchen reden. Nachsinnen. Versuchen, noch etwas Ferienglück zu erarbeiten.
Gewiß. Die Gruppe war zu groß. Man paßte nicht so recht zusammen.
Die Relaxer, die Sinnfinder. Die Frauen. Einzelne.

Die Gemeinschaft war nicht herzustellen.
– Ansprüche, Nachlässigkeiten, Geschmack.
– M. hatte die Arme um ihre hochgestellten Beine gelegt. (Braun wenigstens.)
– Schön ist es hier, hatte sie zu Barbara hin gesagt.
(Sie wußte, daß das nur eine Hoffnung war und daß sie Barbara nicht meinte.)
Wieder hatten sie geschwiegen.
Er hatte leise das Lachen der Freunde gehört. Vom Meer hoch.
Barbara hatte beklagt, daß nicht jeder sich einbringe, wie sie es gewohnt sei. Arbeitsmäßig. Gesprächsmäßig. Und die Eltern könnten nun die Kinder auch nicht nur der Gruppe überlassen.

(M. hatte gedacht, daß er wieder mal so zu sei, – keine Zärtlichkeit. Ob Karin ihm gefiele? Sie wollte ihn später fragen. Als sie am Nachmittag gemalt hatte – orange/blau wirklich weich, fand sie – hatte er sich in Karins Nähe zu schaffen gemacht?)
Barbara hatte gefunden, man könne ja zu zweit oder dritt Ausflüge in die Umgebung machen, die notwendige Arbeit, mit den Kindern zum Beispiel, müßte dann von der jeweiligen Restgruppe übernommen werden.
M. hatte gesagt, wie das Meer dahinten wieder heller werde. Oder sei das der Himmel.
Sie schwiegen.
Er trank sein Glas wieder leer. Fühlte sich wohler und begann zu reden.
Er schob weg. Legte ab. Tastete sich rückwärts.
Wie war das bei ihm? Er staunte. Er liebte sich ein wenig. Die Wörter wurden einfach. Folgten einander. Gaben Sinn. Später kam auch Angst. Kein Netz. Er schwang sich hoch am Trapez. War sich kostbar. Sah.
Denn die Augen hatten sich an die Nacht gewöhnt.
So stieß er an seine Sehnsucht an.
M. saß allein.

(Wenn sie ihn jetzt umarmte.)
(Wünschte sie.)
Sie umarmte Barbara.
Am nächsten Morgen – hörte sie – stand er noch in der Dämmerung auf, startete den Bus und fuhr los.

Haushüten

Ob sie Lust habe, ihm Gesellschaft zu leisten?

Er habe für eine Ferienwoche die Aufgabe übernommen, ein Haus zu hüten. Ländlich, im Odenwald, ein ehemaliges Bauernhaus, umgebaut, aber noch mit Garten, Scheunen und Schuppen, Hühnern und Katzen und einem kleinen Hündchen, einem Dakkel, soviel er wisse, und sechs Wochen alt.

Die Besitzer des Anwesens, mehr Bekannte als Freunde zu nennen, ein Ehepaar um die vierzig, und in zweiter Ehe verheiratet, hätten ihn gebeten, und er habe zugesagt, da er für diese Zeit ohnehin nichts geplant, zugesagt in der Aussicht auf angenehmes Landleben – als Probe gewissermaßen.

Ob sie also Lust habe? Zwar sei ihre Beziehung nahezu beendet, er wolle sich nicht binden, wie sie wisse, sei ja auch nie so richtig verliebt gewesen, wie sie ebenfalls wisse, aber trotzdem. Diese Frage nun an sie. Vielleicht könne sie kommen.

Ja, antwortete sie. Er solle sie am verabredeten Tag abholen am Bahnhof um zwanzig nach vier.

Wenige Tage nach diesem Telefonat fuhr man also an einem Donnerstag mit der Wegbeschreibung und den Schlüsseln von D. aus über Land und erreichte schließlich das Hoftor in einem jener unschönen Dörfer, einer Ansammlung armseliger und in Kunststoff eingewickelter Häuschen.

Der Schlüssel war zweimal zu drehen, die breite Verriegelung von außen aus ihrer Halterung nach oben zu schieben, während sich die rauhe dunkle Tür langsam öffnete. Etwas Schwarzes schoß glänzend an den Beinen der Eindringlinge vorbei. Das Hündchen. Er fing es jenseits der Fahrbahn wieder ein und trug das Tier – ein leckendes und quietschendes Wesen – in den Hof zurück, noch die Ledermappe mit zwei Examensarbeiten, die er sich für diese Woche vornehmen wollte, zwischen Daumen und Mittelfinger.

In der Hoffnung auf ein paar erholsame Tage betraten sie also das fremde Anwesen, durchquerten den unebenen Hof, der sich als ein liebenswertes Herz der Behausung darstellte.

Sie blieben gemeinsam vor Blumentöpfen in alten Kellerfenstern stehen, Fleißige Lieschen, Lobelien, mit Wicken gefüllte Tröge. Ein kleines, in diesem Jahr eingesätes Rasenstück – hier könnte man später sitzen.

Vier oder fünf Katzen kamen aufmerksam und mit erhobenen Schwänzen aus der rechten Ecke und zwischen Häckselmaschine, Egge und den Resten eines Heuwagens hervor. Die Abendsonne hatte die Tiere in diesem Fleckchen zusammengeführt.

Weiter gingen sie am Geräteschuppen vorbei zum Gemüsegarten und zum Hühnerhaus – beides abgezäunt, jetzt schon im Schatten, aber ein Pflaumenbaum gefiel ihr. Das dunkle Gras, von der etwas höher gelegenen Nutzfläche abfallend, betrat sie mit einer Mischung aus Mutwillen und Vorsicht. Sie fühlte sich gut.

Später stieg er die steile Treppe zum Wohnhaus hinauf – solche Treppen seien für Dackel ungesund, wußte sie. Sie besichtigten alle Räume, fanden sie fremd – trotz Fellen und Literatur im Wohnzimmer. Das Bad lag hinter der Küche. Der Kühlschrank war gefüllt und mit einem Zettel »bitte verbrauchen« versehen. Das Schlafzimmer befand sich im oberen Stockwerk. Zwei weitere Räume mußten noch ausgebaut werden. Man schaute sich an. Ein Ehebett. Hier würde man schlafen, wenn auch die Liebe sich dem Ende zuneigte. Anhänglichkeit und Freundschaft immerhin waren geblieben. Das würde ausreichen.

Sie freute sich auf Gespräche.

Das Hündchen riß an seinen Schuhen. Er legte das Gepäck auf

des Bett. Ob man von den nahen Nachbarhäusern hier nicht hereingucken könne? Das sei doch völlig egal, erwiderte er. Was gingen einen die Leute an. Jetzt müsse man aber das Viehzeug versorgen.

Erst die Hühner. Sollen wir mal ganz frische Eier essen? Sie antwortete mit Lachen.

Das Hündchen begleitete ihre Verrichtungen, verbellte die abendmüden Hühner, zerrte an Hosen und Schuhen, fraß reichlich von dem für die Katzen bestimmten Futter, zwängte sich durch jeden Türspalt, mußte getäuscht, gescholten, weggeschleppt werden.

Es pinkelte in Küche und Flur, es pinkelte vor die Schlafzimmertür.

Als sie sich später im Hof zum Nachtessen setzten – diese zusätzliche Arbeit hatte sie sich nicht nehmen lassen –, waren beide müde, empfanden Leere, auch brauchten sie wärmende Pullover aus dem Haus. Altweibersommer.

Das Hündchen hatte sich über seinen rechten Fuß gelegt, fesselte und wärmte ihn auf angenehme Weise, schlief.

Das Gespräch kam auf Partnerwahl. Aber man war nicht ehrlich, geriet ins Argumentieren, formulierte in vernünftigen Sätzen, distanzierte sich.

Als man sich endlich fröstelnd ins Haus begeben wollte, hatte das Hündchen bereits ausgeschlafen und rannte kläffend durch die Dunkelheit.

In der Küche zerrte es Plastiktüten aus einem Schrank, es pinkelte auf den Badezimmerteppich, das Lederband ihrer Handtasche verkaute es zu einem harten feuchten Riemen, es bellte, schnüffelte, winselte. Mit List hatten sie endlich das Schlafzimmer erreicht.

Brannte im unteren Stockwerk noch Licht? War die Haustür überhaupt abgeschlossen? Also noch keine Ruhe.

Er mußte noch einmal aus dem Bett.

Obwohl er vorsichtig zur Schlafzimmertür ging und sie konzentriert und leise öffnete, fegte das Hündchen sofort hinein, leckte und jaulte. Sie versuchte es zu täuschen, rannte wenige Stufen die Treppe hinunter. Das Tier schoß auch hinterher, machte jedoch unten kehrt, als es sich genarrt fühlte, erreichte, ehe sie die Schlafzimmertür hinter sich schließen konnte, wieder die Schwelle, quetschte sich hinein, zerrte an Teppich und Gardine.

Aus der Küche brachte er eine Scheibe Wurst. Er lachte. Wir werden dich schon zur Ruhe bringen, und zwar hier draußen, wo du hingehörst.

Sie stand müde in der Tür. Er berührte flüchtig ihren Arm. Das Tier mußte unter dem Bett hervorgeholt werden. Er trug es nach unten. – Deckte er es zu?

Mit langen Sätzen war er die steile Treppe hoch. Schnell den Holzlatschen dem Verfolger hinterher!

Endlich. Winseln. Ruhe.

Sie lag noch lange wach.

Daß Liebe sterben kann.

Am nächsten Morgen stand er als erster auf. Die Hühner mußten versorgt werden.

Aus dem Wohnzimmer holte er eine Zeitung und wickelte das Tier hinein. Dann legte er es hinter einen Holzstoß im ehemaligen Stall.

Ein paar Tage später fuhr man wieder nach D. zurück.

700 Jahre Löwenburg
Quatembernächte und Feuer und
Buschwindröschen in jedem März

Wieder der Weg!
Von Rhöndorf kommend hinauf.
Den Friedhof am nördlichen Hang.
Vorbei.
Emporsteigen im lieblichsten Wald.
Sie war nicht allein.
Geladen zum Festvortrag »Löwenburg«.
Zwischen Ilex und Rotbuchen,
Lärchen und jungen Eichen.

Anna ging langsam.
Sie wurde sechzig in diesem Jahr.
– Historisches – für die Festversammlung.
War das auch schon Geschichte?
– Ausgrabung. Hatte ihm jemand ein Grab gegeben?
Buschwindröschen am Saum.
– Erhaltung des Erhaltenswürdigen.
Wer hält das Erinnern?
Wie sie das Obst von Rheinbreitbach her im Handwagen
geholt.
Die jüngeren Geschwister geleitet.

Wie sie mit frischer Schürze schon
am frühen Morgen gesessen und Mirabellen entsteint.
Später, als die Kämpfe am Rhein,
der Beschuß von Königswinter und Rhöndorf,
die Bombardierung durch die Fliegerverbände stärker
geworden,
auf Einladung der Freundin hin
hier herauf ins einsame Gasthaus gekommen.

– Zur Zeit der Saynschen Herrschaft stand auf der
Löwenburg vermutlich nur ein größerer Turm.

Furcht, Schutz, Verbergen.
Das Nötigste in den selbstgenähten, bleichen Rucksäcken.

Und dann oben.
Im Gasthof.
Das Warten und Horchen in Kellern.

– Im 13. Jahrhundert war die Kuppe des Berges mit einer
mächtigen Ringmauer umgeben.

Ringmauer.
Ringfinger.

Da hatte er an das kleine Fenster geklopft.
Und nur sein Haar leuchtete hell.
Gleich war sie die Steinstufen hochgestiegen.
Das Quietschen der schweren Tür.
Unterdrückt.
Die Zöpfe nach vorn oder nicht ?
Ohne Entscheidung stand sie.
Benno?
Ein fremder Name.

In Ostfriesland, da wäre der Himmel weit.
Zum Auskundschaften im Jeep hier herüber.
In der Drachenburg drüben.
Lägen sie.

Seine Erwähltheit verstand sie nicht.
Später habe er eine wichtige Aufgabe zu erfüllen.
Aber seine Zähne waren weiß.
Vier Brüder, alle gefallen.
So steckte sie ihm eine Mirabelle in den Mund.
Er malte Striche auf den Boden.

Strahlenstriche – Bein und Fingerstriche.
Sie schaute auf seine Jungenhand.

– Einsatz von Feuerwaffen am Ende des 14. und
zu Beginn des 15. Jahrhunderts.
Anna erzählte von der weißen Frau.
Der Unbehausten.
Benno folgte der Litze ihrer Schürze.
Sie sah seine Füße zwischen klebrigem Lehm und Staub.
Er streckte sich aus und vergaß.
Anna.
Und Buschwindröschen neben dem Hals.
So volles Haar.
Sie malte Kreise zu den Strichen.
Ringe und Räder.
Sonnenringe und Zauberräder.
Der glühende Wagen der weißen Frau!

– Eine Feuersbrunst im dreißigjährigen Krieg.
So lange ?
Singend, im glühenden Wagen
im Jeep – von der Löwenburg herab.

In den Quatembernächten (Vergeßt das Büßen nicht!)
– Aussterben des Geschlechts der Löwenburger.
Fünf Brüder.
Kämpfe, die hier im vertrauten Wald stattfanden.
Was sich zutrug auf der Löwenburg im 20. Jahrhundert.
Märzfarbene Buschwindröschen.
Die Ordensjunker, weiß man das heute noch, wollten das
rechte Rheinufer verteidigen.

Du mußt aus meinem Mund den goldenen Schlüssel nehmen,
du mußt es mit deinem Mund tun,
dann kannst du den vergrabenen Schatz auf der Löwenburg
heben!

Steig nicht in den Jeep!
Der glühende Wagen der weißen Frau!
Den goldenen Schlüssel – mit dem Mund!
Wir werden es morgen tun.

Inhaltsverzeichnis

Die Bilder

Umschlagbild und

Vénus Khoury-Ghata

Die Geliebte des Notablen

A. d. Franz. v. Sigrid Köppen
272 S., gb., ISBN 3-927905-90-9

Roman über den Bürgerkrieg im Libanon. *Ausgezeichnet mit dem LiBeraturpreis!*

Ein winziger Straßenausschnitt in einer leicht zu erkennenden Stadt: Beirut. Ein halbzerschossenes Haus, in dem die Christen wohnen, auf dem Dach ein Scharfschütze; jenseits der Demarkationslinie das Haus eines Moslems. Die Zeit: der makabre Halbfrieden in Beirut, dessen Bewohner sich an die Gewalt gewöhnt haben. Menschen mit vagen Erinnerungen, begierig, ihre Zukunft aus den Tarotkarten zu lesen.

Flora, die Christin, folgt dem Moslem, dem Notablen. Die Gefühle der Menschen liegen blank, Rachsucht, Mordlust, sexuelle Gier. Die Bewohner beider Häuser führen miteinander Krieg um diese Frau.

Ein trojanischer Krieg als lächerliches, absurdes Theater in einem vielschichtigen Mosaik von Lügen, Illusionen, Angebereien, Klatsch, Wahrheit, Wunschvorstellungen und Träumen, einer Fülle von Geschichten voll von Sarkasmus und Ironie.

»Khoury-Ghata ist ein fesselndes Stück Literatur gelungen...« Deutschlandfunk

Fordern Sie unser aktuelles Gesamtverzeichnis an:
Horlemann Verlag, Postfach 1307, 53583 Bad Honnef
Telefax 0 22 24 / 54 29 • e-mail: horlemann@aol.com

HORLEMANN